红颜知己

蔡澜 著

南方传媒 | 广东人民出版社
·广州·

图书在版编目（CIP）数据

红颜知己 / 蔡澜著. — 广州：广东人民出版社，2016.8（2023.6重印）

ISBN 978-7-218-11118-6

Ⅰ. ①红… Ⅱ. ①蔡… Ⅲ. ①随笔 — 作品集 — 中国 — 当代 Ⅳ. ① I267. 1

中国版本图书馆CIP数据核字（2016）第184459号

HONGYAN ZHIJI
红颜知己

蔡　澜　著

出 版 人：肖风华

总 策 划：肖风华
责任编辑：钱飞遥
责任技编：吴彦斌　周星奎

出版发行：广东人民出版社
地　　址：广州市越秀区大沙头四马路10号（邮政编码：510199）
电　　话：（020）85716809（总编室）
传　　真：（020）83289585
网　　址：http: //www. gdpph. com
印　　刷：唐山富达印务有限公司
开　　本：889 毫米 × 1194 毫米　1/32
印　　张：7　　字　　数：153千
版　　次：2016年8月第1版
印　　次：2023年6月第3次印刷
定　　价：49.00元

如发现印装质量问题，影响阅读，请与出版社（020-87712513）联系调换。
售书热线：（020）87717307

目　录

最喜欢的 001

为方太新书作序 003

《回首一笑七十年》序 005

葛治存 008

白靴 010

阿宇 012

丁茜 014

沈云 016

莎菲姐 018

阿关 020

那群酒女 024

置屋之娘 028

GILBEY A 032

两位长眠了的淑女 036

穿旗袍的女子 040

手机女郎 044

妮嘉拉的噬嚼 048

跳肚皮舞的巴士小姐 052

一群文身的女人 056

曾根小娘 060

爱吃的女人 064

最美王妃 068

陈茵茵菜谱 070

不脱衣的尤物 072

打镬金 074

玩得潇洒的女人 076
仙人掌女人 080
当女人变成神棍时 084
石太太 088
哈尔滨来的女人 092
何妈妈 096
琉璃 100
新井一二三 104
微笑的小红 108
野女孩 112
影子美女 116
打秋千的女人 120
大食姑婆 124
喝酒的女人 128

Amanda S.的婚礼 132

台湾女人 136

十二岁半的女子 139

谈我喜欢的女演员 143

美璐近况 147

生日礼物 151

埋葬 153

给苏美璐的信 155

苏美璐画展 159

笑儿 163

广东话 165

祝福 167

告别 169

童年往事 171

儿童书 173
苏美璐新书 175
鬼婆牛杂 177
昔日韩女 181
对韩国女人的迷恋 190
女司机 194
老板娘 196
单身母亲旅行团 198
大头妈妈 200
名取裕子 202
一条沙由里 203
一条来信 204
OL 206
平辈 209

最喜欢的

“节目中那么多的女主持和嘉宾，你最喜欢哪一个？”记者问我。

到底是谁最好呢？让我想想，这么多年来，遇到过的美女不少。和我合作得最多的是李珊珊，这回在《品味》中，我们又一齐到日本去，发现她一直在照顾着比她没经验的林莉，为人和身体，都成熟透了。

林莉是新伙伴，我已有六呎[①]，她穿起高跟鞋来比我还高。我一向喜欢修长的女子，对她自然有好感。林莉的人，话并不多，较喋喋不休的，当然更好。只要她漂漂亮亮，看起来悦目，就和美食是最佳的搭档。

朱茵身材就娇小，但该大的地方大，该细的细，最重要的是她的确有古人形容的明眸皓齿，活泼得不得了，和她聊天，是很痛快的事。

可惜陈贝儿工作繁忙，这回她只出现了几次。她一向做别人的访问，反过来了，话也少了。不过她的确是一位很聪明的女子，懂的事多，每种题材都搭得上。

---

① 呎即英尺，1英尺约等于0.3米。

十年前和李嘉欣到北海道泡温泉，大雪中烟雾弥漫，让观众留下深刻的印象，北海道也成了观光的热门点。国泰公司因此而恢复了直飞，每班机都爆满，这点陈南禄先生也能证实。

因为电视公司的预算有限，李嘉欣为了工作更完美，私底下带了化妆师和发型师，花了二十多万。

郭羡妮也于十年前，刚选中港姐时和我出国过一次，当今又重逢，还是那么美丽，我在节目中介绍一个专门用来炖鸡精的锅子，表演了一下。

“什么肉都可以用来炖的吗？”她问。

我开玩笑地：“当然，炖牛肉就是牛肉精，炖狐狸就是狐狸精。”

休息时闲聊，得知许多关于她的绯闻，都无其事，真难为了这位小妮子。

“到底你最喜欢哪一个嘛？”记者追问。

我反问：“你以为我会说出一个，而让其他美女不高兴吗？”

记者点头：“说得也是。”

为方太新书作序

如果每一个女人都像方太，那么天下就太平了。

做电视节目之外，她说话不多，但总是一针见血。对婚外情，她觉得“背叛”那两个字很吓人，其实并没有卖身给对方，只是违反了承诺，而承诺这回事是一刻的，之后大家都会变。

方太离了婚，带着一群孩子，一手把他们养大，到最后，还要陪孙子们，她就是那么一个坚强的女人，一切，都可以用肩膀扛着，不哼声，乐观地活下去，也把这种生活态度传了下去。当今出书，由她的经验中，我希望每一个女人都能和她一样，别再一哭二闹三上吊了。

和方太深交，是在她做亚视的烹调节目的时候，她当年很红，由家庭主妇到的士司机都知道她是谁。有一次在饭局中，友人介绍我们认识，我向她说：“还是不适合用太深颜色的指甲油。”

方太即刻会意，也知道我看她的节目看得仔细，后来请过我上她的节目。

人家以为我只会写，其实我们做半工读的穷学生，如果爱吃好一点的，谁不会亲自动手呢？说煮就煮，我胆粗粗地上了她的电视，从来没有在众人面前表演过，但也不怕，做的是“蔡家炒饭”，拿手好戏，放马过来吧！可惜没有录下来，不然重看，也会觉得我烧得还是不错的，但把厨房弄得乱七八糟当然没出现在画面上。

方太和我都住九龙城区，有时买菜相逢，我相约吃饭。有时飞新加坡也遇到，每次都相谈甚欢。她时常教导我，比方煮青红萝卜汤，她说加几片四川榨菜即能吊味，照做了，果然效果不同。

有方太这个朋友真好，她会处处保护你。《方太广场》是一个有观众的现场节目，有次做完，一个八婆问："你认识蔡澜吗？"

"认识呀。"方太回答。

"他是一个咸湿佬（好色之徒）呀！"八婆说。

方太语气冰冷："他看人咸湿，对方要是你的话，你可得等到来世了。"

《回首一笑七十年》序

一九六十年代末期，我在日本半工读，担任邵氏机构的驻日本代表。一天，公司来telex（电传，这种通讯方法相信当今的年轻人听都没听过），说有三个香港女子要来东京，让我照顾，我可真的不知道如何“照顾”法。

第一个是郑佩佩，第二个是吴景丽，第三个是原文秀。佩佩当年红极一时，不用介绍。吴景丽是片厂中的演员训练班学员，而原文秀则是原文通的妹妹，和佩佩在台湾拍拖的那个人，后来也成为佩佩的夫婿。

安排了她们三人的住宿和芭蕾舞学校，之后便带她们去吃吃喝喝（当年已拿手）。和我们一齐去的还有我日本大学的一位同学叫王立山，山东人，日本华侨。大家都年轻，拼命认老，我叫他老王，他叫我老蔡，佩佩从此也学他叫我老蔡，至今真的是老蔡了。

和她聊天，发现是一个很有抱负的女子，我们都很有理想，很谈得来，就成了好朋友。三人学成回去，我到香港述职时，佩佩一直陪着我，当年的狗仔队未流行，在八卦杂志中也未出现过佩佩未婚夫的照片，有记者见到，还以为我是原文通呢。

回到日本，我学的是电影编导，香港电影来日本拍外景的工作，也自然而然地由我负责起来。因此又和佩佩见了面，当时她是来拍《金燕子》的外景。张彻一心一意地想拍性格刚强的男人戏，金燕子这个角色由胡金铨的《大醉侠》承传，本来应该写她的，但剧本逐渐改动，戏重点放在白衣武士的王羽身上，佩佩向我暗暗诉苦，我也曾经向张彻提出，但我的权力不大，当然不受理会，无可奈何。

后来罗维又和佩佩来日本拍雪景，是一部叫《影子神鞭》的戏，罗维是大导演，在现场躲了起来，文戏叫副导拍摄，打戏交给武术指导，我年轻气盛，认为导演不在现场，就像战士抛弃了武器，和他吵了起来，差点给当年掌握大权的罗维太太刘亮华炒鱿鱼，佩佩做和事佬，香港方面又不允许，才保了下来。

一九七〇年大阪举行世界博览会，我去拍纪录片，在美国馆中展示了最有权威的杂志*Post*中名摄影师所拍的世界最美的女子一百人，中间有张佩佩的黑白照片，长发浸湿，双眼瞪着镜头，的确是美艳得惊人，记忆犹新。

一九七一年佩佩退出影坛，嫁到美国去，我们还一直保持书信联络，她的字迹，完全不依常理发牌，字忽大忽小，一个字可能占了数行，也许只有我看得懂，哈哈。

在美国，她当了一个贤妻，为原文通生了一个又一个的女儿，但原家希望有个孩子，佩佩不断地生，我们这些老友都说够了吧，够了吧。终于，生了个儿子，大家都替她舒了一口气。

在美国的那些年，只知道她顶下一家人的生活，又去做什么电视的小节目，又去教人跳舞，再是做什么地产经纪，没听过她先生做点什么。

又一年，她说先生要经营杂志摊，要我在香港寄刊物给她们去卖，我当然照办，长时期运了不少过去，但后来也没有了声息。

有一次，我去了加州，佩佩也老远跑来见我，两人在友人的游泳池畔聊至深夜，年轻时大家想做的事，和现实生活中还是有距离的。

后来我们书信在不知不觉中疏远了，听到她和夫婿离婚的消息，经过一段长时期，永远有无穷精力的她，又回到香港来了。

我们又见了面，这时她笃信佛教，大概也只有宗教可以解答她人生的困扰，佩佩一身教徒的简衣便服，真是有“尼”味，后来更是居住在佛堂中去了。

在一个电台节目之中，我们两人出现为嘉宾，听到她发表的宗教理论，也不是我这个又吃又喝的凡人可以理解，只是默默地祝福她。

在李安的《卧虎藏龙》中又见到了她，佩佩很安然地接受了反派，也不在乎年老的角色，这是她一向敬业乐业的精神，电影得到认可，要佩佩拍的戏也愈来愈多了。

忽然在报纸上看到她摔断了腿，为什么这些悲剧，出现在娱乐版上呢？真为她心痛。这个人就是那么刚强，年轻武行没有拉威雅的经验，拼命叫佩佩姐，上吧，上吧，她就上了，唉！

一生，好像是为了别人而活的，最初是她的母亲，一个名副其实的星妈，干劲十足。后来又为丈夫，到现时还不断为子女，佩佩像她演的女侠那么有情有义。胡金铨导演在加州生活时的起居，他死去了的后事，她都做得那么足。杀母后捉着头颅到处跑的邢慧，在美国被判刑后，佩佩为她四处奔跑，又常到狱中探望。两人在邵氏期间不是很熟，只是个同事，佩佩也做尽身为香港人，为香港人出一分力量，实在是可敬的。

现在，她要出书，我起初是拒绝她的要求写序的，因为可能涉及一些她不爱听的往事，佩佩在微博中回复我：“你爱怎么说都行，都一把年纪了，有几句真心话能听到呢？”

此为序。

葛治存

在新加坡打台湾牌时，麻将脚有老友Steven谢，当年他和我一齐到过日本留学。弟弟和弟妇两人车轮战，一个疲倦了由另一个代替。弟妇虽是日本人，也能打中国麻将，速度慢点而已。

另一个搭子就是葛治存了，最初由画家友人介绍给我们，她刚由中国内地被聘请到新加坡当篮球教练。一见此姝，大家都吓得一跳，她身高六呎，但分布得均匀。

画家是个好麻将脚，不过身体有病，有次摸牌摸中了一筒，糊十三么，他紧紧抓着牌不放，全身僵硬，就那么倒了下去。

叫救伤车来把他抬走，好彩无事。后来再打数次，故病重发，就不敢再和他战了，换上葛治存登场。

她在新加坡定居下来之后，因为喜欢运动，后来打高尔夫球，也得心应手，从业余打到变成职业，颇有名气，也开班教人打球。

当今她把这些心得写成一本书，由如何挑选用球棒，以及穿什么衣服入场打球最为舒服，哪里的球场最好，连化什么妆等等，都一一记载，是本高尔夫球入门的最佳读物，尤其是女性，非读不可。

许多人都可以将人生经验写成书，但可读性不高，那是因为作者的个性使然，沉闷的，写什么也读不下。葛治存的个性开朗，受了挫折也不哼声，要知道一位来自中国内地的女子在外国，要打出名堂来不易，她竟然一一克服，也是拜赐于她那种随遇而安的人生态度。

一次在吉隆坡和倪匡兄演讲，巧遇葛治存，她平常比一般人高出一个头，较倪匡兄，要高出三个来。倪匡兄仰首望她一眼，向我说："要请保镖的话，不作第二人选。"

笑得葛治存花枝招展，但在打麻将时她也偶尔透出心声："那么高，男人都有自卑感，不敢碰我。"

葛治存至今还是独身，喜欢高头大马的，快追吧。

白靴

看邓达智写方盈，当年已梳个BOB头[①]、着迷你裙、戴方格图案饰物，是众星中最MOD的时装ICON[②]。文中未提及的是那对长靴，当今女子通街都穿，但见到方盈的白靴，在一九六六年。

邵氏要拍一部叫《飞天女郎》的片子，讲马戏班的故事，我当制片在日本找到了“木下马戏团”为背景，他们正在东京的千叶表演。

男主角岳华事先抵达，我们一见如故，谈音乐、文学等都能合拍。入住的是千叶市的一家小酒馆，聊到半夜，没东西下酒，把买来当早餐的黄色酱黄瓜用啤酒瓶盖锯开，就那么吃将起来。

“方盈什么时候来？”岳华问。

“本来应该今天到的，不知怎么还没看到人。”

“不要紧吧？没人去接她吗？”

“香港的汪晓嵩会陪她来，方盈很独立，听同事沈彬说，前年参加京都影展，也是一个人去的。路上乘错车，好辛苦找到酒店，看到了邹文怀，才哭了起来，当年她不过十七岁。”我说。

---

① BOB头：波波头。

② 最MOD的时装ICON：最新潮时髦的时装偶像。

已经是深夜三点了，忽然，听到外面碰碰撞撞的声音，乡下旅馆的职员全睡了，岳华和我走下楼去看。

有人把大门的铁闸踢了又踢，又大喊开门呀，开门呀，打开一看，不是方盈是谁？

原来汪晓嵩有部新戏开镜不能和方盈一齐来，只剩下她一个。当年的机场在羽田，而千叶是个不毛之地，路程遥远，方盈自己找车子，有了上次的经验，一点也不怕。

走进房间，衣服也不脱，倒在床上想睡即睡。翌日一早开工，还是昨晚那件。我们走出门，看到铁闸凹了进去，是给方盈踢坏的。

数十年后方盈当电影的美术指导，我们重逢，谈到此事，大笑一番。当今想起，她那双白靴，表皮一点也没受损，质地应该很好，是名牌货吧？

阿宇

到上海公干，由微博网友波子带路，和杨惠珊的秘书孙宇一起，到著名的“小杨生煎包”吃早餐。

好歹等到十点钟开门，我们以为是第一个客人，原来已排了一条长龙。

生煎包上桌，是那么好吃吗？一咬，包破裂，汤汁爆出，皮还是很脆，的确不错。即刻要了几十个，打包回去送查先生和倪匡兄。后来发现皮已软掉，倪匡兄牙齿不行，刚好。

中午，惠珊他们又出来陪我，吃了一顿穆斯林羊肉，再去参观丰子恺故居，又在附近买了些新片影碟，我坚持惠珊留下，由孙宇送我到机场。

一路上，我们闲聊，孙宇父母在新疆工作，她在北京念大学，两地跑，后来来了上海，见广告，有兴趣，考进了琉璃工房。

美术家们的生活总是没有次序，孙宇逐样安排，又细心又快，惠珊他们爱得她要死，孙宇也埋身进去，没有周末和星期天。

“那你平时有空，做些什么？”我问。

“看书、看书、看书。”她说，“我从小爱看，上课时把小说放在课本下面。回到家里，躲进房间，继续看，但每次都给爸爸抓到。”

“你父亲怎么知道？”

“我也奇怪，就是那么准。毕业后有一天，忍不住问爸爸，他说，那简单，只要看你一动也不动，就知道你没做功课，不然你一会儿找东西吃，一会儿看电视，哪会那么安静？”

我听了也笑了出来，再问怎么会和现在的丈夫结婚？

“杨姐说介绍个男朋友给我认识，原来就是公司的同事，我一见他，他就说自己是乡下人，不拍拖，一下子就要求婚。结果只来往了三个月，定了下来，现在连儿子也生了，我也好奇从前发誓不嫁的心态是怎么改的。”她笑着说。

返港后，写这几篇东西，有些细节不记得，发电邮给她，即得回复，来往多次，我再不叫她孙小姐，叫阿宇。

丁茜

星海之中，不是颗颗闪亮，其中一位叫丁茜，少人记得。

一九四四年出生，香港人，年轻时已很有理想，演话剧多出，为垦荒剧团的台柱。用“垦荒”这个名字，确实是这个意思，话剧界当年在香港是不受重视的。

后来，她走入南国实验剧团，邵氏的演员训练班，由顾文雯先生主掌，造就不少红明星，像郑佩佩和岳华等人。

本名周坚子的她，一九六四年毕业后签约邵氏，当基本演员，她的面貌和演技皆突出，只是个性孤僻，一直没有担正。

参加作品有《欢乐青春》《金石情》《钓金龟》，台湾片名为《我爱金龟婿》《女校春色》《女子公寓》《亡命徒》等。

《女校春色》全片在东京拍摄，由邵氏请来的日本导演井上梅次担任，是他的旧作改编的。

其他导演，要是一有重拍的机会，一定把之前犯的过失修正，或加入新的元素、角度和剧情，至少在人物的描写上多下一点功夫。但不，不是我们的井上梅次，他要求的只是片酬和速度，原封不动。

原片丁茜看过，对井上梅次甚为不满，虽然导演诸多爱护，但她不领情，有次还当面破口大骂导演，我见到了颇为欣赏。

基本演员，入息有限，当年外景时公司提供外景零用和免费餐饮，丁茜一一省下，到了吃饭时间就拼命大吃大喝。

扮演校长的是资深导演沈云，一直劝丁茜别吃那么多，会吃出毛病来。丁茜不听，结果真的病倒，弄到要送医院。当今提起虽是小事，那时候真的弄得工作人员手忙脚乱。

丁茜的茜，念成“倩”，是“qian”的第四音，但一般广东人多叫西，既然是西，她与一位同期的学生拍拖，把他的名字改为丁东，据称后来两人也结了婚。

丁茜，若在街上遇到时，记得替我打一声招呼呀。

沈云

说起沈云，本名为沈灿云，江苏南通人，“国立”杭州艺专毕业，一九四八年来港，演过几部戏，作品有《菊子姑娘》《曼波女郎》《提防小手》《天地有情》《青春儿女》等，是金峰的太太。

金峰是广东潮州人，重庆大学肄业，本为舞台演员，与沈云演舞台剧结识后结婚。一九四九年一度从商，一九五二年开始拍电影，主演不少歌唱片，红极一时。与多位女明星合演，像钟情等，但从未搞出绯闻，是位好好先生。

一九七一年，本为邵氏基本演员的他，借给了韩国的申相玉，在他导演的《哑巴与新娘》中，得到第九届金马奖优秀演技特别奖。

本名方锐的他，是电影化妆界一代宗师方圆的儿子。方圆是典型的艺术家，蓄胡，全白，每日修剪，是一名美髯公，在《船》片中一开始粉墨登场，印象犹新。

一九七十年代，金峰和我合作过《齐人乐》《遗产五亿元》等片子，我们以潮州话对答，相谈甚欢，至今还一直怀念。

说回沈云，她是位贤妻良母，供养儿子到波士顿念书。一次造访，下飞机后，他儿子准备了被单和野餐用具，沈云问说去哪里。儿子不答。

一路，来到一个广阔的公园，找到一角，铺了被，让母亲仰卧看云，旁边，有一交响乐团作露天表演。

这种情景，香港何处觅？沈云深深地感动了，决定举家移民。

到了当地，无所事事，沈云发挥出女人的天生本领，开了一家中国餐厅，从小变大，成为当地名人聚集的场所。

后来年事渐高，把餐厅卖掉，弄孙去也。

沈云的女儿是空中小姐，与邵仁枚先生的小儿子邵维锋相恋，维锋长得高大英俊，为一大好青年。父母反对，但维锋始终此情不变，也没违抗家命，不结婚而已。

当今思念这些友人，金峰和沈云，外国生活如何，你们好吗？但愿无事常相见。

莎菲姐

报上传来欧阳莎菲美国病逝的消息，闻后甚怅。

欧阳莎菲生于一九二四年九月九日，本名钱舜英，江苏吴县人，十四岁到上海惠罗公司当店员，十六岁考入金星影业演员训练班，成为最小的学生，十七岁就拍《春水情波》。

抗战胜利后，主演屠光启导演的《天字第一号》，红遍全国，嫁了给他。后来交上有妇之夫洪叔云，造成婚变。

一九六十年代在港签为邵氏基本演员，转为老角。一九七九年在美国又和屠光启再度结婚，八十年代初到台湾拍电视剧，最后又回到美国去。

在东方，一代巨星并不受尊重，没有像外国一样，一出场就被全体起立敬礼的厚待，她在邵氏片厂的那几年，甚为低调，不太出声。

我们到底是传统教育长大的，当然对这些前辈毕恭毕敬，一直以莎菲姐称呼，她心中有数，点头称许。

合作了一部《齐人乐》和《女子公寓》，我当年甚感工作的压力，忙得团团乱转，也没有好好坐下和莎菲姐长谈，至今后悔。

只记得闲时大家聊了几句，莎菲姐用的是名副其实的吴语，非常温柔，讲话时有种慢吞吞，风情万种的感觉，好听极了。

莎菲姐坦白可爱，有什么说什么。谈起了屠光启，她说那个死鬼，不提也罢，反正不是我错在先。淡淡几句，说明是因为屠光启在外胡搅。

电影圈盛传的是，有一奇女子，身上三对奶房，一共有六个咪咪，大家心照不宣，但指的是莎菲姐，连李翰祥也这么说。

我听到了十分反感："你们这些人又没亲自看到，胡说些什么！"

到了我这个年龄，有何避忌？如果回到当时，必然亲自问她，相信以莎菲姐豁达的个性，也会给我一个答案，或是掀起上衣示之也说不定，但绝不带淫意。

若确定了，我也不会公之于世。让这个谜，和莎菲姐一起，葬于加州。

阿关

在日本留学时，住的公寓外墙全是绿色，我戏称之为绿屋。来绿屋的女友，有一个姓关。

日本人的姓氏，和中国人相同的只有“林”“吴”和“关”了。关字日本发音成“SEKI”，但是我们留学生之中，都叫她阿关。

阿关的特点是皮肤白里透红，这一点对我们来说是一个很大的引诱。两颗大眼睛跳动，看得出人很聪明。个子也不像一般女孩子那么矮，小腿一点也不粗。阿关是很漂亮的。

我们当学生的时候，阿关已经出来做事，虽然大家年纪都差不多。常于上班时间在大久保车站遇到她等车，互望而已，我们都不敢上前搭讪。

终于见得多，打了招呼，说声早安，阿关很客气地微笑鞠躬，但没出声。

最后由一个胆子最大的马来西亚来的同学提起勇气，问道：“你叫什么名字？”

她从怀中拿出一管原子笔，在掌心上写了一个“关”字回答，然后搭上车。

同学们议论纷纷：“一定是个哑的。”

当年有部叫《哑女情深》的电影，是琼瑶小说改编的，大家都说哑女好呀，不啰嗦，样子好看就是。

一天，下大雪。我只穿了一件单薄的雨衣，也不是穷得买不起厚大褛[1]。年轻吧，不在意。

阿关迎面而来，从她的眼神中看得出她的关怀，做一个“不冷吗”的表情。

“我们去喝杯茶吧。”这句话我顺口说了出来。

阿关点点头，指我的手，我张开，她又用原子笔写“池袋西武百货，三号电梯，六点”。

依时赴约，不见人。

电梯门打开，第一次听到阿关说话：“欢迎光临！地下食品部；一楼化妆品、皮包、首饰；二楼妇人服、各国名牌；三楼绅士服；四楼家庭用品；五楼文具、书籍；六楼园艺工具、插花艺术；七楼餐厅、吃茶室、屋顶儿童游戏。本店一周营业六日，星期三休息，早上十点开店，晚上六点闭店。”

一口气，阿关把上述句子完全说完，没有停顿过，语言速度之快，是惊人的。

没有其他人，我走进电梯。关了门之后阿关一面开电梯，一面不断解释百货店内的设施，我为她感到职业病的悲哀，一把抱住：“不要说了。”

阿关才顿然停下，向我笑了一笑，在我耳边说：“请等，就下班。”

喝了茶、吃餐饭，就带了她回到住的绿屋，放出红色毛线衣。跟拉手、接吻、抚摸，一切都那么自然地发展下去。

① 大褛：粤语，指大衣。

也不是特别地性开放，那个年代。只是还有纯真，没那么多戒心，也知道大家要的是什么，为何造作？

日本人的公寓，再小，壁中也有一个储放futon（蒲团）的格子。在紧要关头，阿关拉我挤进去做，我觉得古怪，但在那一刻有什么不肯的？

“地方小，有安全感。”她说。

更往后较多了，发现阿关还是不太开口说话，但人较以前开朗，我们在绿屋开大食会时，切菜洗碗的工作她都自告奋勇，忙得团团乱转。

看她可怜，“坐下休息一会儿吧”。

“站惯，不累。”她若无其事地说。

在电梯里一天站八小时，当然不累。

绿屋人住得多，来一下后她就回家，没有过夜。

“我们去箱根旅行吧。”我说。

她高兴得拍掌。

“这次不必躲进蒲团格子里面吧？”到了温泉旅馆，我开玩笑地问。

她摇头，但是还是不肯在房间中进行，要我进浴室中，还是那么一句老话：“地方小，有安全感。”

只有听过有封闭恐惧症，不知道有人怕空间的。为什么阿关喜欢被关，她没说过，我也没问。

睡到半夜，给声音吵醒，是阿关在说梦话：“欢迎光临！地下食品部；一楼化妆品、皮包、首饰；二楼妇人服、各国名牌；三楼绅士服……”

我紧紧抱她：“没事的，没事的。”

阿关的声音渐小，喃喃之中再呼呼入睡。

后来，两人也没吵过架，就那么分开。记忆之中我们从来不争论，反正她的话不多，自然而然疏远罢了，各自有男友和女友。

多年后，乘东京到纽约的日航机上，空中小姐的皮肤洁白，脸好熟，不是阿关是谁?

阿关也没有特别前来打招呼，我想算了，认什么亲呢?

深夜，大家睡了，香槟喝多，上洗手间。

门还没关上，阿关已经挤了进来。

“要快一点。”她说。

“还是那么喜欢小的地方？”我笑了出来。

阿关也笑：“我不是说过有安全感吗？”

那群酒女

绿屋左边的那间公寓，租了给一对夫妇，男的在一间大公司上班，职位不高，可能因为他本人有点口吃的毛病，女的出来当妈妈桑，帮补家计。

住在大久保那一区的女人，多数是所谓的水商卖“Mizu Shyobei”，做酒吧或餐厅生意的意思。到了傍晚路上一辆辆的士，乘的都是这些女的，一人一辆，穿了和服不方便搭电车之故，赶到新宿去开工。有时遇上红灯，走过就看看的士上的女人漂不漂亮，她们也偶尔向我们打打招呼，对本身的行业并不感羞耻。工作嘛，不偷不借。

做学生没有钱泡酒吧，认识她们是经过我们的邻居介绍。日本酒吧很早打烊；十一点多客人赶火车回家，再迟了就要乘的士，路途遥远，车费不菲。隔壁的妈妈桑收工回家，酒兴大作，便把我们请去她的公寓，再大喝一轮。

喝得疏狂，又打电话叫其他吧女，七八个女人挤在小客厅中，好不热闹。她丈夫也绝不介意，笑嘻嘻地拿出许多送酒的食物出来，好像在慰问辛苦了一个晚上的太太。

初学日语，甚受这群女人影响，在每一句话的尾部加了一个“Wa”。这是女人才用的日语，常被耻笑，后来才更正过来。

被人请得多，不好意思，自己也做些菜拿过去。卤的一大锅猪脚吃完，剩下的汁拿到窗外，下雪，即刻结成冻，将锅底的冻用刀割成一块块，放在碟中拿给那些女人送酒，当然要比鱿鱼丝或花生米好吃得多。她们大赞我们的厨艺，送上来的吻，弄得满脸猪油。

每个女人喝醉了都有个别的习惯，有一个平时不太出声的，忽然变得英语十分流利，抓我们话家常。另一个比较讨厌的哭个不停。有的拼命拔自己的脚毛，满腿是血。好几名爱脱衣服，是比较受我们的欢迎。

离乡背井，我们都把自己当成浪迹江湖的浪子，而这些欢场女子，正如古龙所说，都有点侠气，不工作时对普通男人眼神有点轻蔑，但对我们则像小弟弟，搂搂抱抱。

发薪水的那天轮流请我们到工作的地方喝酒。新宿歌舞伎町附近酒吧林立，一块块的小招牌用望远镜头拍摄，好像叠在一起。有的很小，只有四五张桌子；有的大型，至少有三四十女子上班。

当年的酒吧，酒女绝对没有被客人就地正法那么一回事儿，要经过一番追求，也不一定肯，还有一丁丁的谈恋爱的浪漫。

每个酒女大概拥有七八名熟客，火山孝子一两个星期来一次，十几酒女乘起来就有稳定的生意可做。熟客多了，旁的酒吧就来叫她们跳槽，一级级升上去，最后由新宿转到银座上班，是最高的荣誉。

熟客来得次数多，就应酬一下，否则追那么久还不到手，只有放弃。

并非每个女的都长得漂亮，起初在客人身边坐下，没什么感觉，但老酒灌下，就愈看愈美。加上这群女人多好学不倦，什么世界大事、地产股票等都由电视和报纸杂志看来，话题自然比家中的黄脸婆多。还有那份要命的柔顺，是很多客人渴望的。

机构中都有些小账可开，这些所谓的交际费是能扣税的，刺激贸易聪明绝顶的做法。日本商家的高级职员如果到了月底，连一张餐厅或酒吧的收据都不呈上，便证明这一个月偷懒。因此，整个饮食和酒水事业的巨轮运转，养了不少人，包括我们这群酒女朋友。

日久生情，有个叫茉莉子的已在银座上班，赚个满，一身名牌。有天她告诉我就快搬离大久保，住进四谷的高级公寓去，上班方便一点嘛。

“我们不如结婚吧。”她提出。

“什么？”我说。

“你也不必再念什么书了。”她抱我，“留下来，一切由我来负担。”

现在学会做人，当然懂得感谢她的好意，当年年轻气盛，要女人来养，说些什么鬼话？一脚把她踢开。

事隔数十年，就那么巧，在京都的商店街遇见她，开了一间卖文具的，还算有点品味。

“秀子，你快来，这就是我常向你提起的蔡先生。”她把女儿叫来，秀子客气地向我鞠了一个躬，又忙去招呼客人。

“我的外孙已经六岁了。”茉莉子骄傲地说。

“先生也在店里做事？”我找不到其他话题。

“没用，被我踢走了。”她幽幽地望了我一眼，“像当年你踢走我一样。”

我只有苦笑。

“有时在电视《料理的铁人》看到你当评判，你一点也没变。”她说。

我希望我也能向她说同一句话。她眼镜的反映中，有个白发斑斑的老头，大家扯平。

置屋之娘

做学生时当然没钱叫艺伎，她们只存在于小说和电影之中，没想到能够接触。

后来从香港来了一位世伯，有点钱，因语言不通，要我陪他去箱根浸温泉。这种享受对我们来说也很难得，乐意前往。

新宿车站西。有一列私营的火车，叫“罗曼斯号”，座位透明，可以一面看风景一面吃便当直通箱根，两小时之内抵达，至今还运行。

泡完温泉换上衣服，坐在靠窗的沙发上喝啤酒。这间旅馆之前和家父来过，两父子对青山，每个时段树叶的颜色都起变化，非常幽美。

“叫几个艺伎来吧。”世伯当年也不过四十出头，还是有劲的。

“很贵。”我说。

他拍胸口：“我请客，别担心钱的事。”

我还是不肯，要了一名。

旅馆餐是在房间内吃的，侍女搬进丰富的食物，正要倒酒时听到一个声音：“由我来吧。”

走进一个身穿和服的中年艺伎，样貌普通，世伯对她好像一见钟情，两人对饮起来，又抱又吻，旁若无人。

“小朋友，叫多一个来陪你？”艺伎问。

我还是说不好，但艺伎坚持：“她不在这里工作的，是我旧老板的女儿，来箱根度假。”

说完不管三七二十一，拉来个女的，穿普通衣服，没化妆，看起来顺眼。坐在我身边，为我倾酒点烟，手法纯熟。

我指那艺伎：“她说你不是这一行的，怎么学会招呼客人？”

艺伎听到了说：“她是置屋之娘，也受过训练。”

置屋，OKIYA，是安排艺伎生意的地方，今日用语，是艺伎公司。娘，OJOSAN，老板女儿的意思。

一杯复一杯，她们两人站起来，拿扇子跳我们不懂欣赏的日本舞，又叫旅馆搬出乐器，一个打鼓一个弹三味弦，是有点学问。

醉后，她在我身边说：“今晚把我留下吧。”

“我只是一个学生。”言下之意，付不起。

“是你陪我，不是我陪你。”她细语。

一早，我们赶火车回东京。艺伎没来，置屋之娘送到车站，化好妆，样子更好看，把电话号码塞在我手上。

之后经常联络，她来绿屋，我把红色毛线衣挂出来。

“我介绍我最好的朋友给你认识。”有一次她说。

吃茶店里出现的是一位美女，身材较为高大。

“她是个冲绳岛人。”她说。

“冲绳女人得罪了你们日本女人啦？”冲绳岛艺伎听到她的语气中有点轻蔑，冲口而出。

“我不是这个意思。”置屋之娘为平息冲绳岛艺伎，我听到她说，“好姐姐，你也没有招呼过中国人呀，今晚我请他和你来一下。”

“你真坏。”冲绳艺伎撒娇。

又带到绿屋，挂出红色毛线衣。

之后一个又一个。艺伎不能随便和客人睡觉，但大家年轻，都有压抑不住的本能，置屋之娘安排她们来找我。

下雪。过年。

电话响，是她的声音：“我爸爸妈妈到夏威夷去晒太阳，明晚你到我们的置屋来吧，大家都等你。”

“不必上班吗？”我问。

“除夕客人都在家陪儿女看红白合唱大战，哪会出来叫艺伎？”她说。

从新宿坐火车到御茶之水，再走路到神乐町去。神乐町的料亭最多，自古以来是艺伎的集中地。置屋是间木造的旧式房子，两层楼。

大厅中间生了炭火，由天井挂下一个铁，煮一大锅海鲜，众女人开了一公斤瓶的清酒，也不烫热，就那么传来传去吹喇叭喝，一瓶又一瓶，榻榻米上躺不少酒的尸体。

冲绳岛艺伎一身传统冲绳服装走下来，这是平时不准穿的，今晚她特别自傲，拿了三味弦独奏。冲绳的三味弦节奏强烈，和日本柔和的作风不同，铮铮有声，听得我入神，置屋之娘不服输，也拿出三味弦来，弹出节奏更强烈的曲子，两人愈弹愈疯狂，后来把弦扔开，打起架来。

女人打架比较好看，拳来脚往鼻青脸肿，互相撕头发和衣服，扯得长发披散，袒胸露背。

冲绳岛艺伎凶猛，压得置屋之娘呼吸不了时，我大叫一声：“冲绳岛名胜是个横匾，写礼仪之邦！”

一下子停了手。各女人又吹喇叭去了。

“我不知道日本的三味弦也可以那么剧烈的。”我说。

“那是一个叫轻津的地方的演奏方法。”

“你怎么也学会的？”

“我本性刚烈，很喜欢。”

“刚烈的女人占有欲强，你怎把我分给其他人？”

置屋之娘紧紧抱我：“置屋的责任，就是替人安排的嘛。”

GILBEY A

“银座有几千间的酒吧，你去哪一家？”

这次农历新年旅行团，最后一个晚上吃完饭后目送团友回房睡觉，我独自走到帝国酒店附近的“GILBEY A”去。

主要是想见这家酒吧的妈妈桑有马秀子。有马秀子，已经一百岁了。

银座木造的酒吧，也剩下这么一间吧？不起眼的大门一打开，里面还是满座的，日本经济泡沫一爆已经十几年，银座的小酒吧有几个客人已算是幸运的，哪来的那么热烘烘的气氛？

这家酒吧以前来过，那么多的客人要一一记住是不可能的事，她开酒吧已经五十年，见证了明治、大正、昭和、平成四个时代的历史。

衣着还是那么端庄，略戴首饰，头发灰白但齐整，有马秀子坐在柜台旁边，看见我，站起来，深深鞠躬，说声欢迎。

几位年轻的吧女周旋在客人之间。

“客人有些是慕名而来，但也不能让他们尽对我这个老太婆呀！”有马秀子微笑。

说是一百岁，样子和那对金婆婆银婆婆不同，看起来最多是七八十，笑起来给人一种很亲切的感觉。

坐在我旁边的中年男子忽然问：“你不是《料理的铁人》那位评判吗？”

我点头不答。

“他还是电影监制。”这个人向年轻的酒女说。

“我也是个女演员，姓芥川。”那女的自我介绍，听到我是干电影的，兴趣起来，坐下来问长问短。

“那么多客人，她不去陪陪，老坐在这里，行吗？”我有点不好意思。

“店里的女孩子，喜欢做什么就什么。”有马秀子回答，“我从来不指使她们，只教她们做女人。”

“做女人？”我问。

“唔，”有马秀子说，“做女人先要有礼貌，这是最基本的，礼貌和温柔就跟来。现在的人很多不懂。像说一句谢谢，也要发自内心，对方一定感觉到。我在这里五十年，送每一个客人出去时都说一声谢谢，银座那么多家酒吧不去，单单选我这一家，不说谢谢怎对得起人！你说是不是？”

我赞同。

“我自己知道我也不是一个什么美人胚子。”她说，“招呼客人全靠这份诚意，诚意是用不尽的法宝。”

有马秀子生于一九〇二年五月十五日，到了二〇〇二年五月十五日满一百岁。许多杂志和电视台争相访问，她成为银座的一座里程碑。

从来不买人寿保险的有马秀子，赚的钱有得吃有得穿就是。丧礼的费用倒是担心的，但她有那么多客人，不必忧愁的吧？每天还是那么健康地上班下班。对于健康，她说过：“太过注重自己的健康，就是不健康。”

那个认出我的客人前来纠缠，有马秀子看在眼里：“你不是已经埋了单的吗？”

这句话有无限的权威，那人即刻道歉走人。

“不要紧，都是熟客，他今晚喝得多了，对身体不好，是应该叫他早点回家的。”有马秀子说。

我有一百个问题想问她，像她一生人吃过的东西什么最难忘？像她年轻时罗曼史是什么？像她对死亡的看法如何？像她怎么面对孤独，等等。

“我要问的，你大概已经回答过几百遍了。”我说，“今天晚上，您想讲些什么给我听，我就听。不想说，就让我们一起喝酒吧。”

她微笑，望客人已走的几张空：“远藤周作最喜欢那张椅子，常和柴田炼三郎争坐。吉行淳之介来我这里时还很年轻，我最尊敬的是谷崎润一郎。”

看见我在把玩印店名的火柴盒，她说：“Gilbey名字来自英国占酒的牌子。那个A字代表了我的姓ARIMA，店名是我先生取的，他在一九六一年脑出血过世。”

“妈妈从没想过再结婚，有一段故事。”酒女中有位来自大连，用国语告诉我。

有马秀子好像听懂了，笑说：“也不是没有人追求过，其中一位客人很英俊，有身家又懂礼貌，他也问过我为什么不再结婚？我告诉他我从来没有遇到一个像我先生那么值得尊敬的人，事情就散了。”

已经到了打烊的时候，有马秀子送到我出门口，望天上：“很久之前我读过一篇记载，说南太平洋小岛上的住民相信人死后会变成星星，从此我最爱看星。看星星的时候，我一直在想，我先生是哪一颗呢？我自己死后又是哪一颗呢？人一走什么都放下，还想那么多干什么？你说好不好笑？”

我不作声。

有马秀子深深鞠躬，说声谢谢。

下次去东京，希望再见到她。如果不在，我会望上天空寻找。

两位长眠了的淑女

淑女，并不一定指年轻的女子。我认识的两位，老得不能再老，但在我心目中，永远是淑女。

我在日本学电影时，最大的得益是看到所有的法国与日本导演的经典精华。法日两国文化交流，各寄一百多套电影给对方。我在“近代美术馆”看完了法国的，再看寄回来的日本片。近一年时间，每天风雨不改地看片，加深我对电影的认识。

促使这件盛事的是川喜多夫人，她答应了法国电影图书馆的提案后就去各日本电影公司收集。五间大公司之中，人缘最差的是“大映”的老板永田雅一，和所有的人都过不去。川喜多夫人的丈夫所创立的东和公司和东宝合并，更属于敌方，但她低声下气地跑去求永田雅一，请他捐出“大映”旧作，永田受她的热诚感动，交出拷贝来，这个收集才齐全。

上映的日本片中，包括了当年还在国际籍籍无名的小津安二郎、成濑巳喜男、沟口健二等，更有我喜爱的冷门导演伊丹万作，他是伊丹十三的父亲。

这都是川喜多夫人努力的成果。她和先生川喜多长政很爱香港，对大闸蟹尤其有兴趣，每年到了秋天必来一次，我们常在天香楼相聚。川喜多夫人长得矮矮胖胖，衣着一直是非常整齐，更深爱穿和服，面孔非常慈祥。

招呼川喜多夫人，我无微不至。她一直不知道是为了什么，在公在私，我们的交往不深，不必付出那么多，她常向人说：“蔡澜真是好人。”

其实，很简单，我很佩服她对日本导演的栽培，也让我有机会看到那么多名作，就此而已。但我也从来不为此事向她解释，我和她的女儿川喜多和子又是好朋友，她嫁过伊丹十三。后来离婚，再和我们共同认识的柴田结婚。

为了保存日本电影，川喜多夫人把私人财产拿了出来，“近代美术馆”刚成立时才有百多部片子，而法国的电影图书馆已有六万部，当今，日本的也存了四万套电影。

川喜多夫人还是迷你戏院的原创者，她说服丈夫，成立了“ATG艺术剧院协会戏院”，二百位左右，专放一些外国片艺术片，像印度的落哲地雷的《大地之歌》、意大利云里尼的《八部半》和法国阿伦连纳的《去年玛伦贝尔》等等。一群爱好艺术电影的影迷集，钱不花在宣传费上，也做得有声有色。当年都是大戏院，坐一两千人，行内起初都当迷你戏院是笑话，后来才发现可以生存。在今天，更成为天下电影院的主流。

除了发行外国片，ATG更以小成本制作前电影，造就了羽仁进、大岛渚、筱田正浩、寺山修司、冈田喜八、新藤兼人等等新人。

如今，川喜多长政、女儿、夫人三人都已去世，但川喜多这一家族的往事，在国际电影圈中一直被流传，法国电影图书馆的局长亚伦兰哥华更赞川喜多夫人说：“这是一位毫无利己心的淑女。”

在这一个专栏中，我曾经提过一位已经一百岁的酒吧妈妈桑。

前几天，我又去她的酒吧“GILBEY A”。一走进门，看到柜台上摆一个镜柜，有她一张彩色照片，样子端庄和蔼，我已知道发生了什么事。

“去年逝世的。”酒吧经理说，“活了一百零一岁。”

“不是说过吗？她一死，这间酒吧就做不下去了，怎么还开？”我问。

经理回答：“老客人都要求她的儿子继续下去。”

“儿子是做些什么的？”

“普通的白领，对喝酒一点兴趣也没有，不常来，几个月都看不到他一次，他说妈妈留下的财产也足够经营，就让这间酒吧一直开下去，等到一天全部花完才关掉吧。但是客人不断上门，还有钱赚呢，我想可以开到我也死去为止吧。”经理说。

“你跟了她有多少年？”

“三十几年了，和她一比，我做这一行，不算很久。妈妈桑说过，一种行业，不管是做护士或是秘书，只要终身努力，做得最好，就是一个成就，做酒吧也是一样的，我永远记得这句话。”

“死得不痛苦吧？”

经理娓娓道来：“起初已是不舒服了，打电话来说要迟到一点，这么多年来她一直很准时，八点钟一定到店里来，所以我们都感到不妥了。后来见她勉强出现，但是把头伏在柜台上休息。听听客人的欢笑，她又兴奋起来，和普通时一样，像一点病也没有。有些从乡下来的客人要求和她合照，更是四处走动，最后才支持不住坐了下来，我一直劝她进医院，她不肯。她说过：‘我一进医院就会死的。’看她的脸色愈来愈不对，我只有把她儿子叫来，她还是说只肯回家。坐上的士时，已经昏迷，送进医院，一个星期后去世了。我心中知道，她不肯走，是想要死，也要死在酒吧里，这到底是她最喜欢的地方。”

把这两位淑女的故事说给友人听，大家唏嘘不已，都说在他们活没有机会见面，是多么可惜的事。

这世间，有很多坏蛋，死后给人加油加醋，变得面目可憎，讨厌到极点。反观这些值得歌颂的人物，死去愈久，传奇性更为丰富，不是发生在他们身上的美谈，都贡献了进去。见不见到本人，已不是重要的了。

穿旗袍的女子

我在思春期中，认识了一个叫歌里雅的，是个卖化妆品女郎。

穿粉红色的旗袍在商场中服务，像是这一行的制服。对南洋的孩子来说，旗袍的开衩，让人充满了性的幻想。

自从见过她之后，放学即刻换了校服，穿长裤往她工作的地方跑，连电影也不看了。

徘徊了多次。当今也不记得是谁先开了口，约去喝咖啡。

“原来你还在上学。”歌里雅说，“我还以为你已经出来做事了。”

十五岁的我，已身高六呎，怪不得她有错觉。

“我十八了。”她说，“你多少？”

“也……也一样。”

十八岁，在我眼中已是一个很老很成熟的女人，但我一向对黄毛丫头一点兴趣也没有。刚好，我认为。

“我从马来亚来的。”她说。

“家里的人都住这里？”

“不，只有我一个，租房子住。”

“我有一个同学也是从马来亚来，他家里有钱，买了一栋房子给他住，父母亲不在。我们常在他那里开party（派对），你来不来？”

“好呀。”她笑了，有两个酒窝，只觉一阵眩晕。她的眼神，就是书上说的媚眼吧？

约好的那天来到，心情莫名紧张。事前其他同学去买食物，开罐头火腿做三明治，我负责调饮品，做Punch①。拿了一个大盆，倒入冰块，切苹果和橙片，再加果汁和汽水，最后添一杯Beefeater②，大汤勺搅了一搅，试一口，好像没什么酒味。Punch嘛，本来就不应该有酒味的，但还是决定把整瓶倒了进去。

歌里雅乘了的士来到，还是穿一身旗袍，这次换了件黑色的，显得皮肤更洁白。同学们都投以羡慕的眼光。

跳过几首快节奏的恰恰之后，音乐转为柔和的*Don't Blame Me*，这是大家期待的拥抱时间，我一揽她的腰，是那么细。

靠在怀里，她在我身边说：“我是一个不会接受‘不’字的女子。”

心中牢牢记住这句话。

舞跳至深夜，她走了，什么事都没有发生。

一天，吃过晚饭，在家里温功课时接到她的电话，声音悲怨：“你来陪我一下好吗？”

“好。”这种情形我不会说不。

匆忙在笔记簿上写下了她的地址，穿好衣服却忘记了拿，已赶出去。

到她家附近，怎么找也找不到她住在哪里，也没她电话号

---

① Punch：潘趣酒，一种鸡尾酒。

② Beefeater：必富达鸡尾酒。

码，急得直骂自己愚蠢。这时，三楼的阳台上伸出她的头来，我才把额上的汗擦干。

打开门，看到还有泪痕，身上是一件蓝色旗袍。

“我妈叫我回去嫁人，我不回去！”她又流泪。

当然顺理成章地拥抱，亲嘴，抚摸。

事过后，歌里雅从我的胸口抬起了头，问：“你爱不爱我？”

一说爱的话，她会对我失去了兴趣吧？我摇头：“不，我们见面不多，怎么能够说得上爱。”

“哼！”她整个人弹了起来，“你肯定你不爱我？”

“不。”我斩钉截铁。

“好。”她大叫，“我死给你看。”

我知道她在开玩笑，穿了衣服走人。

回到家已是深夜一点，大家已经睡了，把花园的铁闸锁上。树丛中有道裂痕，是我的秘密通道，我翻过篱笆爬进去，细步走入睡房，拉起被蒙头大睡。

两点半钟，电话大响。我们都起了身，从来没人那么晚了还打电话来，父亲听了，脸一变，把电话摔在沙发上，姐姐接过来听：“什么？吃了多少颗安眠药？喂，喂，你在哪里，喂，喂，喂……”

父亲是文人，对这种事也感尴尬，不知道怎么骂我，只有指我的鼻子：“你……你……你。”

好在母亲是一个处变不惊的人，还在呼呼大睡。姐姐承继妈妈的坚强，镇定地说：“我来。”

她把我留在桌子上的记事簿地址撕下，开车出去。

说不紧张也是假的，当晚怎么也睡不着。到了黎明，姐姐回来了，说：“不要紧。煮了很浓的咖啡灌她喝，抱她逼她走几圈，再挖她喉咙，什么都吐了出来。”

雨过天晴，从此一家人再没有提起这件事，直到我长大，出国，在社会做事。

“那个孩子，小时女朋友真多。”父亲向他的老朋友说，还带点自豪。时间，的确能改变一切。

手机女郎

去广州，拍一个卖酒的广告。

事前先看内容：餐厅里，有个侍者捧了瓶酒来，说这是我爱喝的，邻桌有四个女的，一听到，即刻拥了上来，我和她们干杯。

到了这个年纪还有人聘请，是个面子，我乖乖地让拍摄组安排。从前的工作，都在镜头背后，看见无数的所谓明星，调皮捣蛋，迟到早退。我答应过自己，万一有一天站在镜头前面，一定听话。

国内的广告制作可认真，包了一间高级餐厅，数十名工作人员，加上临时演员，至少上百人，浩浩荡荡进行。四名少女，都是从当地模特儿公司请来，平均一米七，穿起高鞋来，把我这个身高六呎的老头比了下去，矮了一截。

导演已和我合作了两个广告，知道他水平不错，也就放心。所有工作顺利，到了中午，可以放一小时吃饭，看样子，今晚十点左右能够收工。

刚好休息，电话来了，是新加坡的电视台，要我去示范几个菜，大家沟通了一下，谈好食材、厨具和美女助手等等，就收了线。

“你这个手机真薄，要是早看到了就好，什么牌子？”身后传来一个声音。

转头，是那四个模特儿其中之一，样子还算好看，腰很细，只是胸部有点怪，像长了三个乳房。

“Motorola V3（摩托罗拉）。”我说。

“能上网吗？”她又问。

“普通手机都能上网，只是手续麻烦而已。”我说，“上网时我用Blackberry（黑莓）。”

我拿出来给她试一下。

“真快。”她惊奇，“比我的Sony Ericsson（索尼爱立信）还要快，你有过多少个手机？”

“我最喜欢玩手机，也不记得有多少个了。”

她做出一个羡慕的表情：“我一生之中，只买过一部手机。”

听她的口音，不像是广东人：“从哪来的？”

“湖北。”

“来了多久？”

“才几天。”

“做模特儿有多少时间了？”

“算什么模特儿呢？”她很坦白，“只要人够高，又够瘦，人家就当你是了。我去公司报到，他们人数不够，就把我派来。”

“乡下生活很苦吗？”我问。

“什么乡下了？”她说，“我从武汉来的，也算是个大城市吧！”

“失敬，失敬。”

“不过我父母从我小的时候分开，现在妈妈老了，也需要我帮补家里。我反正无聊，又有个邻居在广州做事，就跟她来。”

“书也不念了？”

“那种学校，不去也罢。”她说，“同学们个个都有手机，上课时偷偷发短讯。看见我没有，都来耻笑我，我回去跟妈妈说我不上学了，她只有把她的手机送了给我。”

“那不就没事吗？”

“还是给她们笑，说什么荧光幕还是黑白。那么大，像块砖头，可以拿来砸死牛！”

“能用就行，管人家说些什么！”我说。

“你没被人家笑过，你是不知道那种滋味是多么的难受！不是笑一次，是从星期一笑到星期五，礼拜六上运动课，还在笑！她们教我唱周璇的歌，说唱老歌才配老手机！”

她充满愤怒，我不知怎么安慰她。好在，这时导演喊开工，大家就位去。

先拍我和侍者的镜头，那四个女的坐在我后面，画面带到她们，乘打光时，我到洗手间一趟，回到现场就听到一场争执。

“不行，不行，一定要拿掉！”导演大叫，“中间凸了起来，像什么样子！”

“打死了我也不肯。”那个女的说，“最多不拍！”

“干什么？”我偷偷问副导演。

“她的胸部挂手机呀！”副导演说。

我跑去摄影机后面看了一下，向导演说：“从这个角度，我把酒杯拿高一点，就能遮住。拍完这镜头再说吧！”

导演当我是长辈，也就照做了，顺利拍完。

“谢谢你。”那女的事后走过来向我说，“他们不知道这手机对我是多重要！我要买就买这个最贵的，什么功能都有，五千多块呢。”

“你刚来几天，就有那么多钱了？”我问。

她笑说：“做模特儿和拍广告能有多少？我向别人先要了钱，去买了手机，才肯帮她干活。

妮嘉拉的噬嚼

许多著名的电视烹调节目，主持人都是男的。我最爱看的有Floyd那个老者，去到哪里煮到哪里，谦虚、幽默、有见地，非常出色。

Jamie Oliver始终经验不足，虽然有点小聪明，但烧出来的菜不见得有什么惊奇，他目前已由主持《裸大厨》（*Naked Chef*）时的那个小孩子，变成一只大胖猪。

Anthony Bourdain的《厨师之旅》（*A Cook's Tour*）很好看，什么都吃，但是旅游多过烧菜，他对自己的技艺似乎信心不大，很少看到他亲自下厨。

女主持中，最有经验的当然是朱儿童（Julie Child）了，但她又老又丑，节目谈不上色香味。

年轻的有Kylie Kwong的出现，她戴沈殿霞式的黑白框近视眼镜，身材也一样肥，经常皱八字眉，并非美女，烧的菜很接近马来西亚的，也许是那边的华侨，已移居澳洲，说话带澳洲土腔，不是惹人喜欢的音调。

Discovery Channel（探索频道）中的《旅行与冒险》（*Travel & Adventure*），最近已改成《旅行与生活》（*Travel & Living*），重了烹调节目。除了上述几位主持之外，看到一个女的。

这女人大眼睛，一头鬈曲黑色长发、浓眉、皓齿，说话慢条斯理，讲非常浓厚的贵族英语。衣着入时，但从不暴露，隐藏魔鬼的身材，四十岁左右，像一颗成熟得快要剥脱的水蜜桃，散发不可抗拒的引诱力。

说起讨厌的东西，表情带轻蔑不屑，可以想象到她有一副母狗式的势利个性。这个女人，到底是谁？

上网，查Discovery的数据，别的节目主持人名字都找到，关于她的欠奉，已看得头晕眼花。

只有在Google（谷歌）空格中再打入“TV Cook Show Host”，出现了天下烹调节目的主持人，一个个查阅，都没有相熟的面孔。

正要放弃时，Bingo，照片里出现了一个名字，Nigella Lawson，是她了！

用她的名字进入搜查器，乖乖不得了，约有十三万九千个符合这个名字网站。

见笑了，原来是在英国的名门，杂志编辑，很多本书的作者和最受欢迎的电视节目*Nigella Bites*女主持。

“bite”这个英文字用得很妙，可作小食、咬、剧痛、腐蚀、卡紧、锋利等等解释。令人联想到的是夏娃叫亚当咬的那一口苹果，更贴切的是吸血鬼的噬嚼。女吸血鬼的身材永远是那么美好，相貌令人着迷。叫妮嘉拉·罗逊（Nigella Lawson）来扮演，一点也不必化妆。

妮嘉拉出生于一九六〇，大学在牛津专修中古及现代语言，毕业后开始在《星期日时报》写文章，后来成为文学版的副编辑，继续替各大报章和杂志撰稿，又于*Spectator*（《观察家》）和*Vogue*（《时尚》）写食评！

能平步青云，除了自己的本事之外，家庭背景也有关系，她的父亲Nigel Lawson是前保守党的第二号人物，戴卓尔夫人的左右手。母亲Vanessa Salmon是巨富之女，社交圈名人。

主持了电视烹调节目后，妮嘉拉风靡英国男女，节目更输出到美国，影迷无数。妮嘉拉烧菜的态度永远是一副懒洋洋相，从不量十分之一茶匙调味品，节目在她家中拍摄，她看见有什么新鲜的就煮什么，悠悠闲闲。烧到鱼时，她会说："到鱼贩那里，请他们将鱼鳞和内脏清洗干净，自己做这些琐碎事干什么？"

和其他女主持不同，妮嘉拉烧菜时从不穿围裙，也不会把长发束起，又高贵又有气质，她说："我不是一个大厨。我更没有受过专业训练。我的资格，是一个喜欢吃东西的人而已。"

她的第一本书叫《怎么吃：美食的喜悦和原则》（*How to Eat: Pleasure & Principles of Good Food*），她在书中说："用最小的努力来得到最大的快乐。"

接着她写了《怎么做家庭女神》来提高家庭主妇的地位，书卖百万册。

和著名的电视主持人John Diamond结了婚，生下一男一女，这个女人应该很幸福才对，但九年后，她丈夫得喉癌死去。她一直生活在癌症的阴影中：母亲四十岁死于肺癌，妹妹三十岁得乳癌去世。

曾经一度又沮丧又发胖的她，将悲哀化为力量，愈吃愈好，愈好愈瘦，她现在身材丰满，但一点也不臃肿，如狼似虎的年华，发出野兽性的魅力。

"生命之中，总避免不了一些很恐怖的事发生在你身上。活的话，不如活得快乐一点。"她说。

问她对食物的看法，她说："食物，是一种令你上瘾的毒药。"

今后制作烹调节目，最好找这种又聪明又性感的女人。怎么样，都好过看老太婆呀。网中可以找到很多她的照片，听英国友人说，有很多男士把它贴在厨房墙上，幻想自己的老婆是那个样子。

跳肚皮舞的巴士小姐

我们的旅行团，在日本用的巴士都是最好，司机驾驶全无事故记录，费用高昂，但很值得。

这种巴士都包了一名导游小姐，从上车到回酒店，讲解不停，又要依照客人要求唱歌，并非易事。

我们用熟的有两个年轻的，去大阪也要她们来客串，大家混得很熟，沟通起来方便。到这次去，不见了其中一名，她刚结婚，但也出来做事的呀。

“是不是有了孩子？”我问另一个。

“不，不，她已离了婚。”

“那么快？不到六个月呀！”

“发现不对，愈早愈好。这是我们这一代人的看法。”她回答得干脆。

“怎么不回来？”

“她当肚皮舞娘去了。”

“肚皮舞？”我诧异。记忆中的她，没有魔鬼身材，面貌再过一百年，也称不上一个美字。

“是呀！我也在学，当今日本最流行的了。”她说。

看看她，与另一个的意见相同，怎么可能又去跳肚皮舞？

“在什么地方表演？”我问。

“青山。你有兴趣，今晚送完客人，带你去？”

在一座商业大厦的地下室，传出剧烈的中东音乐，走进去，挤满客人，舞台上有六七个肚皮舞娘摆动腰，衣着稀薄，但并不十分暴露，肚皮和大腿，可尽在眼前，有个长发的，左右挥动，非常诱人。咦？那不是我们的巴士导游小姐是谁？

从台上望到我，向我挤挤眼，用手做个等等的姿势，她继续跳舞，我和女伴在酒吧前找个位子坐下，她也随音乐在摇动身体，和平时看到的她不同起来。

音乐从快到慢，又由慢到快，舞娘们一个个支撑不住，走下台来，只剩下巴士小姐，愈跳愈猛，客人不断地拍掌喝彩鼓励，她用下半身向观众挑逗性迎来，颤抖得厉害。

忽然，灯光全暗，一切停止。

重开灯时，看到巴士小姐用毛巾擦汗，向我走来。

“你怎能跳得那么久？”我劈头就问。

“你以为当巴士小姐那么容易吗？”她说，“做你们的工作我虽然不必讲解，但是从出发到收工，你有没有看过我坐下来的？单是靠这种脚力，我已比其他舞娘强。”

“为什么要离婚？”

“结了婚丈夫的态度一百巴仙[①]转变，对我呼呼喝喝，我问他说为什么，他说看到他爸爸叫他妈妈也是那个样子的。他不懂其他办法对我，给我大骂后他哭了，这时，我已决定他是一个永远长不大的孩子，我要嫁的是一个男人，不是孩子。”

“你从小就喜欢肚皮舞这门艺术？”

---

① 一百巴仙：马来西亚人的口头语，百分之百、不打折扣之意。

"不，有个晚上来到这里，看到我的一个邻居在这里跳，她不过是一个普通的家庭主妇，她能，我想我也可以。"

"那么容易吗，肚皮舞？"

"依足印度舞的传统，当然很难，我们跳的是自由式，跟音乐自由发挥。"

"客人会认为你不正统吧？"

"正统和不正统，很难有界限，一切要自然，要美，肚皮舞很多种，人家以为来源是印度，其实是中东人发明，伊朗、伊拉克等地方开始的，后来又有了吉普赛人的方式，都是东抄西抄，没有多少专业的人看得出什么叫正统。"

"最难学的是什么动作？"

"摆腰最容易，会做爱的女人都懂得这个动作，豪放就是，够体力就是。摇动胸部最难，乳房是两团不可控制的肥肉。普通的女人都不知道怎么去动它，要把胸部一个向左转，一个向右转，可得学好多年才会。"

"也得要有点身材呀！"我说。

巴士小姐笑了："开始，也有很多人向我说，你根本不是一块跳肚皮舞的料子，你太瘦了。没有的东西，我用下半身来补足。只要我摇得比其他人剧烈，观众就会服我。我当然不会自扮清高，如果你说肚皮舞是纯粹为了艺术而发明，那是骗你的。"

"为什么肚皮舞现在在日本那么流行？"

"主要的原因，是女人解放了。女人可以透过肚皮舞来表现自己，不必在办公室里替男同事倒茶。这个机会我们日本女人等了很久才来到，我终于能够脱下制服，让男人知道我在床上的话，可以多么犀利。"

我完全同意她的见解："如果有香港的女人要来学肚皮舞，

有什么门路？”

她拿出一张纸写了“MISHAAL”的名字，“e-mail address：coooumikahina@ybb.ne.jp”；另一个是“MIHO，http：//blog.livedoor.jp”；还有一个叫“AKIKO，www5.ocn.ne.jp”。

“发个电邮去查问好了。”巴士小姐说，“她们都乐于教导，学费不是很贵，肯学的女人，会发现她们有力量把人生改变。”

音乐又响，她向我作个飞吻，又上台表演去了。我祝福她。

一群文身的女人

我们的旅行团在返港的那一天，都会到大阪的时装街，日本人叫为“美国村”的一家螃蟹店“元网”去吃午饭。

上午是自由活动，大队由助手带领，我直接到美国村去。早到了，在附近逛街的时候，听到一个声音。

“你是不是《料理的铁人》的那位香港评判？”转过头去，一位年约三十岁的女人问。

遇到这种情形，我总是笑笑，不说是或不是。

“有没有兴趣到我们的店去看看？”

我问：“你卖些什么？”

“不卖东西。”她说，“我们开的是文身店。”

生性好奇，只要能吸引到我的，就要跟去。

一座小型大厦的四楼，招牌写“AL HAUT”英文字，进了门，闻到一阵香熏，播的是古典音乐，光线幽暗，一盏灯照的是一个少女的裸背，文身师用机器针筒轧轧声地往她的腰间刺去。

没流出太多的血，只听到那女子的呻吟。

“坐！坐！”她招呼我到客厅的沙发，“我的名字叫‘RYOKI’，写成汉字是掠妃。”

“我想这句话你被问过一千遍，为什么有人要文这种一世人也除不掉的东西？”

“每个女人有不同的答案。”掠妃说，“共同点是人一文身，亲戚和社会都不容纳你，连公共澡堂和温泉也不让你进去浸。身体被雕刻后，人生即刻起变化。我们要的，就是这种变化。”

“我还以为是一种流行，当玩的呢。”

“跟流行的话，买一张贴纸贴上就行，洗掉了就没有了，不必文身。”她说。

“你自己刺了些什么？”

掠妃解开恤衫的纽扣，拉下一道袖子，给我看她肩上的文身，那是一大朵牡丹花，由中心的粉红展开，花瓣的红色愈来愈艳，衬绿叶，我不能不承认是颇有艺术性的。

“每个人有不同的答案，你的答案呢？”我问。

“我的理由不是很特别，”她说，“结了婚，但是医生检查后说我不能有孩子，我真想有一个。绝望后，我决定文这朵花，它能像我的孩子一样，一生陪伴我。”

“不痛吗？”我问。

“痛死人！”那个躺着的少女起身，大概听到我们的谈话，代掠妃回答我的问题，“最初要先画出轮廓，像被刀割开肌肉，墨是一点点钉上去的，在很痛的伤口上摩擦，之间很多次都想打退堂鼓，但是你知道啦，我们日本人有那种忍、忍、忍的根性，就忍到底。”

掠妃接说：“最痛的是靠近骨头的部位，好像把骨头一片片削开，用意志力去抵抗的话，也最多是两个小时，超过了就会昏倒的。”

哇，我叫了出来。

“文完身后会发烧，”她继续说，“要花上一星期才能减退。”

“那你又为什么要文呢？”我问那个少女。

“我认为比穿什么名牌更有个性，简直可以说高了一级。虽然我知道这种衣服是脱不下来的，但是我能穿上，就和别人不同。我没有什么条件和别人不同，不管在身材和相貌上，但是一文身，我变成一个很勇敢的女人，对自己很有信心，值得呀！”

“但是一般人都认为只有黑社会和坏女人才文身的呀，你不怕人家把你看成坏女人？”我说。

“非洲的原始部落也文身，他们爱美罢了，那是什么黑社会或坏人？”她反问。

说的也是，我无法反驳，这时门打开，进来了四五个女人，都是这家店的熟客，掠妃解释：“东京有一家叫*Tattoo Girls*的杂志要来采访，我约好大家来这里给他们做访问。”

经掠妃介绍，那群女的也不当我是什么陌生人，大家聊了起来。

“你想知道多一点我们为什么要文身的缘由的话，我们都可以把个别的原因告诉你。”其中一个说。

另一个插嘴：“我最初只是想想，把这个意念讲给男朋友听，他和我大吵，说有一天儿女长大，看到自己母亲的文身，怎么解释？我觉得他的话有一点道理，正要放弃，他又说他妈妈也不会喜欢。我听了火可真大了，原来他那一篇大道理，完全为了他老母，我一气起来，就文了。”

“我的姐姐刺了一条蛇，我认为很恶心。她说你不文身，没资格批评，我就文一尊观音给她看。”那个女的也给我看了，真壮观。

“最心爱的狗患了白血球病，死了，哭了一个月，为了供养它，我文了一朵莲花，我想我为了它付出那么大的痛苦，它不会怪我没有好好照顾它吧？”

“唉，”我说，“你们讲来讲去，为什么没有一个是因为一段刻骨铭心的爱情而去文身的？”

那群女的各自看对方的表情后笑了出来：“这年代，还有女人为了男人去文身的吗？”

曾根小娘

曾根小娘是个艺名，日本人对罗马字的发音很差，曾根叫Sone，前面加了一个Girl（小女孩）。Girl日文念成Gyaru，全名就是Gyaru Sone了。我们暂叫她为曾根小娘吧。

干什么的？艺坛和歌坛及体育界都没听过。原来是靠吃，吃出名堂来的女子，赢出日本的各种大胃王比赛。

吃那么多，应该是一个大肥婆了吧？不，不，不，曾根小娘的身材和一般少女无异，一点也不胖。吃那么多而不胖，把其他的日本女人都羡慕死了。

虽有苗条的身材，但是曾根小娘的样子有点恐怖，她染了一头金发，小眼睛，假睫毛粗得不得了，两个眼角涂了白色的化妆液，有点像眼的排泄，眼耳鼻舌加起来，得一个丑字。

出生于一个富有的家庭，入住豪宅，曾根一家过幸福的生活。从小，母亲就注意到小娘和她的姐姐饭量很大，一碗清过又一碗，家里最大的乐趣就是吃饭，看到母亲煮了一大锅就开心。

在小娘七八岁那年，父亲滥赌，把家产荡光，破了产，入了牢，出来后就向妻子递了离婚书，再也不见他的影，曾根家从此没落，搬到小公寓去住。

饭钱当然也要节省，这是做母亲最心痛的事，但全家人靠妈妈工作来养，不省也得省。好在，这时曾根姐妹发现在竞跑赛的大奖，竟然是一包巨大的、用草绳包扎的三十公斤白米！

之后姐妹两人拼命训练赛跑，在单独或接力赛中胜出，把那袋大米抬回家，但也只能吃够一星期。唯有旷课，到邻省去参加别的田径赛，领到的各种奖品，都换回米来大吃特吃。

长大后，姐姐恢复正常，过普通人家生活，但是这个妹妹继续吃、吃、吃。知道东京的大胃王比赛特别多，干脆从乡下搬到东京来住。

在日本各行各业都有经理人，像男大胃王小林尊，一直有经纪跟。曾根也不例外，给经理人看中了，又为她取了这个艺名。

由经理人接来的比赛不少，但曾根小娘也每天看报纸和杂志，知道有那一家馆子做宣传，说能吃得下一块一公斤的牛扒，就能拿到一万日元奖金，吃不完要倒付一万。

曾根小娘即刻去“踢馆”，一口气把那块一公斤的牛扒吞下之后，问店主道：“如果我能再吃一块，你是不是多给我一万？吃不完我赔你两万。”

店主当然不相信，岂知曾根小娘又吞了下去，还问再要不要比第三块？店主即刻要手摇头投降。

同样例子，曾根又去踢做面包的馆子了。

最近有个电视节目，专访曾根小娘，研究这个女的大胃王，到底是真的那么会吃，或者是骗人的。

节目开始，就让曾根吃个够，她什么东西都吞了下去，足足吃光五六公斤的食物。接着节目主持人把她带到消化系统医院去，把她放入CAT扫描器中，用磁力共振拍出她的胃，竟然扩张到整个胸和腹去。

这时，再饿她一整天，又去照胃，已缩小成十分之一了。中间，问曾根说："一天要上洗手间多少次？"

"大的或是小的？"她天真地问。

"大的。"

"七八次吧。"曾根回答。

分析她的排泄，发现营养成分还在，原来没被肠胃吸收进去，所以小娘并不会发胖。

为了证实她的功力，电视台邀请两组人和曾根比赛，在现场表演斗食。第一组由两个大汉组成，第二组是三个大食姑婆组成，斗曾根小娘一个人。

要过三关，第一关是十盘烤牛肉，小娘一面吃一面赞好，水也不喝，很轻松地吃完。大汉组先由一个吃五盘，再交替由第二个吃五盘，也吃完。第三组三个女人，你一盘我一盘，顺利通过。

第二关是坐在回转寿司的输送带旁，各组要吃一百碟握米饭的生鱼片。曾根一碟又一碟，而且专选肥美的Toro①来吃，一下子就吃了五十碟。

大汉组吃到第五十碟之后，两人都满头大汗，气喘如牛。三肥婆组吃到第五十碟，忽然发难，拼命乱吞，步伐加快，眼看就要赶上曾根小娘时，她已将一百碟寿司吃个干干净净，拍拍屁股，走到第三关的咖喱饭处。

一大碟的咖喱饭，有普通的五六倍，曾根小娘吃到连汁都不剩。那边厢，大汉组已经投降，三女组拼最后一口气，吃完一百碟寿司，爬到咖喱饭处，碰到第一碟，也都眼睛发白，脚软倒地。这时曾根已经吃到第五碟，裁判喊停："不用比，你已经赢了。"

曾根小娘依依不舍地望那五碟还没动过的咖喱饭，拿得节目

---

① Toro：日语，指金枪鱼腹部脂肪含量较高的肉。

大奖，是一张环游世界的飞机票。

“怎么办才好？”曾根小娘发愁，“飞机餐是吃不饱的呀！”

最后，她将机票卖掉，又买她的白米去也。

爱吃的女人

和我一齐吃过东西的人，都知道我的食量不大，所有食物，浅尝而已。但也别以为我什么都吃少少，遇到真正的美食，我还是吃得很多。

近来，我已经将试味和饮食分开了出来。到了餐厅，见到佳肴，我会吃一口来领略厨师的本领，但绝不满腹，维不了生。真正的吃，是一碗白饭，或一碟炒面，没什么佐料，仔细欣赏白米的香味和面条的柔软，适可而止，最多是吃个半饱而已。

其实，与其说我爱吃东西，不如说我爱看别人吃东西。一桌人坐下，我只选自己喜欢的几样。

请我吃饭最合算了，我不会点鲍参肚翅，遇到一尾蒸石斑，也不过是舀点鱼汁来捞白饭。

看女人吃东西最有趣，有时不懂得命理，也能分析出对方的个性和家庭背景。比方说主人或长辈还没举筷，自己却抢最肥美的部分来吃，或者用筷子阻止别人夹东西，都属于自私和没有家教的一种人。

进食时啧啧、嗒嗒、啅啅地发出巨响，都令人讨厌，不断地打噎而不掩嘴，也不会得到其他人的好感。餐桌上的礼仪，就算父母没有教导，也应该自修，不可放肆。

但是美女例外，她们要怎么吃，发什么声，都觉可爱。小嘴细噬最漂亮了，即使是张开大口狼吞虎咽，也性感得要命。丑人多作怪的那一类人我就不能忍受，真想一脚把她们踢出餐厅大门去。

开怀大嚼的，没有坏人，时间都花在欣赏食物，哪有心机去害人？爱吃的人，享受食物的人，大多数个性是开朗的，他们不会增加你什么麻烦，不管在金钱上或感情上，的确是值得交往。

曾经有过几位被公认为大美人的，红烧元蹄一上桌，你一箸我一箸，谁管去减肥？一下子吃得干干净净，你看，那是多么痛快的一回事！

最不想看到的是节食过度的人，要保持身材苗条我能理解，那么干脆茹素好了，为什么又贪吃又怕胖？夹了一块肉，拼命地把肥的部分用筷子仔细清除后才放进口。吃鸡时，皮剥了又剥，放在碟边，变成不洁的一堆东西，看了就令人反胃。

就算不吃肥，不吃皮，为什么不学一学那些高情商的女士？她们会向旁边的男士说："你选一块没那么多油的给我好不好？"

这么一来，你怎么会厌恶她呢？

又见过一位什么都大吃一顿的女人，旁边的八婆看了，酸溜溜地说："这个人一定患忧郁症，所以要用食物来填满空虚的心灵。"

去你的，大食姑婆才是最可爱的人物，她们又不会来侵犯你，为什么要那么尖酸刻薄来批评人家呢？我听了打抱不平，向那些八婆说："你们心理，才有病。"

相反地，也遇过一位什么东西都不吃，只顾喝酒的女子，旁边的人一直夹给她，也不拒绝，因为她不觉得有什么必要向人解释她只爱酒。最后，面前一大堆食物，她向身边的人说："请侍者包起来，让你拿回家去消夜吧。"

这种人物，也实可爱。

真正热爱食物的女人，和陪你吃东西的女人，是不同的，一眼就看得出。前者见到佳肴，双眼发光，恨不得一口吞下。后者把东西放进口后，又偷偷地吐出来，或者咬了一小口就摆在碟上，在你的面前装享受，但是从举止和表情中就能看出对食物的厌恶，这种女人最假，防之防之。

也有一边大鱼大肉，一边喊死了，吃那么多怎么办的女人。这一类最难分辨她们的好坏，可能是很坦白，也可能是做作，但两者皆为性格分裂。

还有一种肯定是讨厌的。在宴会中经常遇到一些中年夫妇，太太什么都吃，胖得要命。而先生呢？瘦得像电灯杆，他一举筷，老婆即刻紧地发出警告："胆固醇已经那么高了，还敢吃？你吃死了不要紧，千万别爆血管、半身不遂要我照顾！"

怪不得倪匡兄常说："人一上年纪，如果要活得快乐，有两种人的话千万不可听，一是医生，一是太太。"

有些先生更不幸，娶的太太，是医生。

在自助餐中，最容易看到人的贪婪。多年前，有一个臃肿的胖女人，无男不欢，一天数回合，消息爆了出来，八卦周刊称她为欲海奇葩。

一次吃自助餐，看见一个人，整碟食物装得满满的，一共来回无数次，嘴巴旁边都是油腻，还来不及去擦。这件事千真万确，绝非虚构，我的友人看到了，向她说："你真是一个食物的欲海奇葩。"

笑得我们从椅子跌落地。

自助餐上，也能看到女人优雅的一面，有一个拿空碟子，左一点右一点捡食物，黄的鸡蛋、绿的海藻、红的西红柿，像在作画。人和食物，都美得不得了，爱死这种女人。

最美王妃

有篇外国报道，列出史上最美丽的王后和王妃，看名单有感。

排第一的是摩纳哥王妃嘉丽丝·姬莉，这是不容置疑，她未嫁时已是荷里活巨星，东部的美国人，教养好，英语又标准。在希治阁的《后窗》中，也显出她性感的一面，真是美艳得不得了。年纪大时来过香港，我曾见过一面，虽然已略肥胖，但那种气质是空前绝后的。

第二位排到约旦王后拉尼亚，我去约旦旅行时到处看到她的照片，但不觉得有什么过人的美貌，没有留下印象。

英国黛安娜王妃反而排到第四，她的确是英国美人，也有性格，勇敢于反叛，金发蓝眼，年轻时的确能迷倒众生，还没有老就遇车祸死掉，只留下倩影，是她的运气。

和她一比，嫁给威廉王子的凯特爬上一位，是第三。这点我永远不会明白，她怎么看都只是一般的角色，出生平庸、教育平庸、衣着平庸，连姓氏也带一个平庸的字眼。年纪不大，但和威廉王子一比，像是姐弟恋，大家说她的新闻价值正在直逼戴妃，成为皇室的头号明星。我不赞同，平庸的人，怎么会做出惊天动地的事？

如果各位记得，英女皇伊丽莎白二世还有一个妹妹叫玛嘉烈，她年轻时清秀无比，较她姐姐漂亮得多，因皇室反对而嫁不到如意郎君，晚年酗酒抽烟，但我还是很喜欢她的，可惜只是排名第九。

也许审美眼光各有不同，最美的是谁不能独定，但如果是选最丑的王后王妃，大家会一致赞同，那就是查利斯王子的老婆。

陈茵茵菜谱

哪位是陈茵茵？也许大家还没听过，她是参加我的旅行团的团友之一，见面时大家一谈，我即刻问："你是福建人吗？"

对方点头，从此以闽南话交谈。

从小在香港长大的话，也许乡音不那么重。六七岁时才来，是不是福建人一开口我就听得出，绝对错不了。这个本事是家传的，我父亲常猜对友人的籍贯，现在轮到我了。

陈茵茵和她的先生两人都是斯斯文文，一脸福相。谈到福建，也分闽南和闽北，我会说的是厦门到泉州的闽南语，再北上的福州，就一窍不通。那边讲的福清方言，像希腊语，一句也听不懂。

闽南人吃的，台湾相承，提起什么红鲟糯米、蚵仔煎、卤肉饭等，一定是福建菜。其中代表性的，就是我最爱吃的润饼了。陈茵茵说她会做，我也一直想到她家去吃，但就那么不凑巧，相约数次，都因大家忙而从来没有试过她的手艺。

在另一次旅程中，她告诉我："不要紧，做法我会写成书的。"

大少奶奶，出什么食谱呢？正在那么想，书已寄到，名叫《家传滋味》，王陈茵茵著，由圆方出版，印得非常精美。

即刻翻到润饼的做法，竟然有十二页那么详细。十八种食材：高丽菜、冬笋、红萝卜、荷兰豆、蒜仔、韭菜、唐芹、芫荽梗、香菇、木耳、豆干、虾仁、蟹肉煎蛋、鱼肉、瑶柱、花生粉、春卷皮和浒苔。配料有：芥辣、辣椒酱、蒜白、芫荽叶、花生粉、蒜仔梗和浒苔。

一再出现的浒苔，不是福建人或台湾人不知是什么东西，原来是极幼细的海藻，陈茵茵连在香港何处能买到都记载下来，购入后以多少分量，如何再炮制过，也一字不漏地记载。这是润饼的灵魂，最为重要。

看完书好像吃过一样，按照作者的做法一定能成功。其他闽南菜还记录了数十种，泉州的五香肉粽也记录，是思乡的福建人必读的一本书。

不脱衣的尤物

第八十三届奥斯卡颁奖礼刚刚怀念完去世的电影人，翌日又有一位死去，那就是珍·罗素（Jane Russell），享年八十九，算是长寿的了。

我们都知道她是一代尤物，当年最性感的女人之一，但是她和梦露其他艳星不同，从来没脱过衣服，也不露一点胸。那张被美国士兵贴到通街都是的照片，珍·罗素躺在一堆稻草之中，手上拿着支枪，也包得密密实实。

她的老板影坛及飞行界大亨荷活休斯，为她在*The Outlaw*一片中设计了一个胸围，大肆宣传。在她的传记中，珍说："那是一个没有带子的奶罩，在当年他的设计算是先进，但我从来没有戴过，觉得太老土。他也不知道，因为他没有脱了我的衣服去查。"

我们记得她的电影，当然是那部和梦露合拍的《绅士爱美人》，一部不值一提的歌舞片，除了梦露那首《钻石是女孩最好的朋友》。在戏里，珍的服装左剪右剪，露出几个大洞，但没有看到她任何一个重要的部位。

官方报道，她的身材是五呎七吋[①]，三围为38D、24、36。息

① 吋即英寸，1英寸约等于2.54厘米。

影后，她积极参与宗教活动，当有人问她，怎么将性感女神的形象和宗教混在一起？

她回答："基督教徒也有胸部的！"

至于为何要退出影坛？她说："因为我已太老了，我那年代，三十岁已不能当明星了。"

不过，珍的确不只是明星那么简单，她和Robert Mitchum拍的两部电影*His Kind of Woman*（1951）和*Macao*（1952）是黑白侦探片的典范，后者的背景虽是澳门，但她没来过拍外景。

也和Bob Hope拍过两部胡闹的西部片，他说："珍是唯二的明星。"

指的当然是她的胸部。

珍的名言还有："宣传是一件恐怖的事，如果你没得宣传。"

一生嫁过三次，记者问她喜欢怎样的男人，她回答："一个跑得比我更快的男人。"

打镬金

这回韩国的拍摄，除了姚佳雯和颜子菲两位女主持之外，还加了一位韩国美女，叫金载恩。

有人问我："为什么选中她？"

"理由很简单。"我说，"大家都说韩国女人漂亮是漂亮，但都是整容的。我四十年前初到韩国时，经济还是力求上游的年代，哪有钱去做手术？但看到的还是美女居多。金载恩就是一个没有整容的活生生例子。"

另一个原因，是金载恩不但样子好看，而且说得一口标准的国语，甚为难得，她在香港的工作，是在领事馆当翻译。

两位女主持和金载恩的关系也打得很好，闲时问她韩语这个说什么，那个说什么，尤其是姚佳雯，学得很快。金载恩虽会说国语，但粤语还是不灵光，大家都搏命教她讲广东话。

"有人问你姓金，是哪一个金？你就说打镬甘。"姚佳雯说。粤语中，金和甘同音，打镬甘，是代表打一大顿的意思。

"那么给我，韩语怎么说？"男工作人员问她。

"Chuseyo。"她回答

"Kiss Chuseyo。"男的都打趣，说给我一个吻吧。

金载恩即学即用："打你一镬甘。"

金载恩又精力旺盛，一天工作十多小时，休息时还带大家跑到东大门去吃街边小贩档。副导演说你吃得那么多，胖死你。她又说“打你一镬甘”，从此花名叫打镬金。

玩得潇洒的女人

周围的朋友，越来越多老处女出现。当然这只是用来形容还没有结婚，她们早就不是“处”了。

“独身女强人，多好，逍遥自在。”我说。

她们惊叫：“哎呀！要死了，我还是想嫁人的呀！”

想“嫁”，这个观念已经是完全的错误，作为一个女人，她们却说不出：“我是想结婚的！”

现代的婚姻已是双方决定的事，为什么一定要“嫁”？“娶”不行吗？

女人的通病就是等待人家来追求她们。既然要求男女平等，为什么不主动呢？

“哎呀！要死了！那不是变成女色狼？”

女色狼有什么不好？风流而不下流也不是男人的专利呀！羡慕一些风度翩翩的公子，为什么自己不可以做一个玩得潇洒的女人？

“说得对。”她们回答，“但在身边的男人，有哪一个看得上眼呢？”

的确如此，从做少女开始，她们已中了罗曼蒂克小说和电影的毒，一直希望有个白马王子。白马王子不但是一种濒临绝种的动物，他们只存在童话里。三十几岁人了，还在骗自己，羞不羞！

话说回来，这也不能怪你。包围着你们的男人，学识比你们低，致命的是，收入也比你们低。

有几个臭钱的，又扮成什么公子，实在令人作呕。

略为有诚意的，样子又长得比《一百零一次未婚》的男主角还要丑。唉。

而且，天下好男人，都有了老婆！

最糟糕的是，要是没有老婆的，都是在搞同性恋。

很难得的情形之下，邂逅一个值得去爱的男人。

“哎呀！为什么和木头一样，一点反应也没有？”

毛病出在男人都怕失败，怕没有面子。万一给对方拒绝，又到处乱讲给别人听，丑死人了。

这个时候，你必须出击。

当然，如果在同一个地方工作，也许可以慢慢地由看电影，聊电话做起。但是如果这个男人是在你旅途中看中的，或是你认为今后接触的机会不多的，那么你就应该采取即刻的行动。

“什么行动？”她大叫起来。

握他们的手呀！不经意地。

“哎呀！要死了！握他们的手？别以为只有你们怕丑[①]，我们女人更怕丑，万一给他们讲给全世界的人听，那以后怎么做人？”

别怕。这件事不是你每天做的。千万不要忘记，你是一个名副其实的“老处女”，你有你的不随便的声誉，不幸地遇到一个衰男人，你只要打死都不认好了。

“嘻嘻，那种男人，我怎看得上眼，他说我握过他的手？来

① 怕丑：粤语，指害羞。

世吧。”你可以这么说。

万一这个木讷的男人接受了你的示爱，也紧紧地握着你的手，那么一步跟一步，最后男欢女爱。

确实他们会做好安全措施，这个年代，不洁的性，不是闹着玩的。把这个回合当成健康的运动，出一身汗，调整体内荷尔蒙。好处多过弊病。

完事后，千万别忘记说：“我亦很享受！”

“哎呀！要死了！那么贱！”你说。

贱？正常的性爱，怎么可以说是贱？

“至少，你不能阻止他们认为是一个一见面就上床的女人呀！”你说。

对，要细心地听下去。

和对方睡过一次觉后，不管你多么的爱他，也千万要忍着，再也不要主动联系，让他以为发生了关系之后便会有下文。哪知电话也没有一个。怎么一回事？他们开始疑惑。在他们寂寞的时候，他们一定会主动和她联络。

这时候你尽管告诉他，大家好过，有个美丽的回忆，再下去不一定有好收场，不如到此为止吧。

对方要是从此不找你，那也算了。

以为得不到女人的爱，自己一定有毛病，贱的是男人！他们会坚持要和你见面，这时你坦白地告诉他你不是一个和什么人都上床的女子，在正常的情况下，你需要恋爱，才能做这种事。

男人如果答应，重新由看电影、吃饭、谈天做起，他一定会改变对你的印象，知道你是一个好女子。终于，他说：“我们结婚吧。”

曾经有过很多个女人接受我的推荐，现在抱着白白胖胖的儿女，非常幸福。也有多个不听的，现在还在继续抱怨：“哎呀！要死了，我还是想嫁人的呀！”

做，机会是五十五十；不做，机会是零。这是我一向的哲学，试试看吧，你会发现无往不利。

仙人掌女人

看了这标题，以为我又要写墨西哥，其实今天谈的，是日本女人。

刚到东京公干，在旅馆Check out（退房）时，前来提行李的不是Bellboy，来了一个Bellgirl。二十来岁的女子，样子还好看，我顺手帮她拿一件。

“您这样绅士风度的男人，日本不多。”她说。

“怎么弄到这个地步？”我边走边打趣。

她知道我在说什么工作不好做，要做粗重的。

“唉。”她叹了一口气，“日本的经济气球一爆裂，大企业一下子炒了几千人鱿鱼，现在每个人都在找事做。”

“像你这样的资格，至少可以去做空姐呀。”我看看她的身材说。

“试过啦，几个月前香港的一间航空公司请二十多个人，应征的四千多名，轮不到我。”

“你们家里都还是有钱的呀。”

“有。”她无奈地说，“从前还一直让我乘商务位到香港去买名牌，现在爸爸妈妈说要节省一点，我不想他们烦，搬出来自己一个人住，只好找工作帮补帮补。”

“像你这样的女孩子很多？”

“唔。”她说，“但是没有我那么好运气找到这家出名的酒店做。有些干脆跑到外国求职，我有好几个同学都去了香港，她们打电话来说在那边的日本女子至少有几百个，也不是人人找到事做。”

已经走到酒店门口，我等友人来接送到机场，但因塞车吧，还没到。

那个Bellgirl又走出来。

“你不介意我和你聊几句吧。”她说。

“我正在嫌闷呢。”我回答，“介意的应该是你的上司。”

“反正我不想在这里一生一世，没关系。”

“从前的人，不会老跳槽的。”

“从前，从前，为什么你们一直想从前的事？现在的日本不同了，我就是和从前的女人不同。”

看着穿了制服的她，我问她：“你和从前的女人有什么不同？”

“我。”她骄傲地说，“我是一个仙人掌女人。”

“什么？什么女人？”我以为听错。

“仙人掌女人，Saboten Onna！”她确定。

“什么是仙人掌女人？”

“您知道啦，仙人掌是不用靠水活的。”

“这和做女人有什么关系？”

“我们这种女人在东京多的是，我们是不碰水的，所以我们这群人，自称为仙人掌女人。”

“哈哈，”我笑了出来，“总要洗澡刷牙吧。”

她娓娓道来：“洗脸可以用化妆膏，然后用纸巾擦干；牙何必刷？嚼香口胶就是。”

“那么你们不用烧菜？不用洗碗洗碟？”

“现代的女人哪里会烧菜？”她说，“我家里切菜切肉的刀子也没有。我们要吃东西就到百货公司去买，或者到附近的便利店搞掂。东西都是用塑料杯盛着，吃完丢掉就是，还去洗？”

“总有一些大块的肉，像鸡。菜，也有高丽等等，不能不用刀子切呀！”

“我家只有一把剪刀，什么东西都用它来剪，刀子我不会用，割伤了怎么办？我的同学们也不会用刀子。”她说。

“那么仙人掌女人连水也不喝？”

“说不喝水分是假的。但是我们的确不喝水，喝的只是罐头茶，才会减肥呀。”

我想问她到底洗不洗澡，但是这问题太唐突，换了一个方式：“那么你们也不会洗衣服啦？”

“要自己洗衣服的话，发明洗衣机来干什么？”她理所当然地说，“不过我们也不必洗衣服，反正现在的牛仔裤也不容易脏呀！”

我有点听不顺耳了，提高音调说：“那么内衣内裤呢？不像牛仔裤那么不容易脏吧？”

她听到我问得有点露骨，也不介意，坦白地：“我们也不知道会不会再见面，说给您听也不要紧，内裤也可以不用换，贴上纸绵，每天换一张就是！”

“哗！”我忍不住了，“那么你是不洗澡的？”

“洗呀！”她说，“一个星期洗一次，总够吧？”

我单刀直入：“和男人睡觉后也不洗？”

“唉，”她又叹一口气，“在东京这种大都市里要找到一个看上眼的男人真难，还谈什么性生活呢。”

朋友的车终于来了，她替我把行李搬进车后箱。

还是忍不住，向她说：“最后一个问题，你不洗澡，身体没味道吗？”

她笑着：“每天出门前，用肥皂在手臂上干擦几下，人家都以为我冲了凉才上班的。”

车子走远，仙人掌女人挥手目送，她大概会看到我再次地摇头。

当女人变成神棍时

小时候见奶奶求神拜佛，甚不以为然。

“灵吗？有用吗？”问道。

奶奶以她最简单、直接、纯朴的道理回答：“拜时什么都不想，已是福气。”

当年，我是听不懂的。但是奶奶的神情是自然的，是慈祥的。

渐渐地了解片刻安详的重要，再也不敢疑问女人为什么那么迷信。但是在今天的观察，发现求神拜佛已变成一件讨厌的事。

天真可爱的少女，很少信佛，她们最多跟姑妈们到庙里走走，胡乱地朝拜一番，只觉好玩罢了。

不知什么时候开始，少女开始不吃牛肉。

失恋、做错了事，祈求运气的转变、自信心的动摇，女人盲目地参加了宗教的行列。

从不吃牛肉，变本加厉到每周吃一天斋、直到放弃吃任何肉类，完全素食为止。

接着家中设了佛坛，购入香炉，添上念珠与木鱼。偶像由明星歌星变为菩萨观音、天后娘娘和关公的时候，是由她们嫁了人，情感或经济上出现了问题而开始的。

一个好端端的女人，忽然，有一天，她跪在地下，手举重棒乱敲一番。问她干什么？回答说在打小人，当然这个无辜的纸公仔，是狐狸精的替身。

一个好端端的女人，忽然，有一天，她对着一张印着“贵人”或“财神”的小红纸膜拜。

一个好端端的女人，忽然，有一天，她做什么事都要看过通胜才能行动。

接着下来的是看到她们把床由这个角落头移动到那个角落头。问她为什么？回答说风水不好。

包给风水师傅的红包一个数千元，大量的金钱还花在巨大的办公室上，酬金以中国旧尺寸计算，不是现代化的公寸公尺。

将任何错误都归咎在生辰八字上。女人常常在算个老半天，才发现她们的父母，连她的诞生时间是早上或晚上都搞不清楚。

更多的金钱注入在看命看相上，左看右看，女人的结论是看命师傅所讲的，好的不准，坏的一定来。

人类的求知欲极高，不断地寻求答案。人生有何意义？男女为何邂逅？我们很冷静地从加减乘除，到逻辑，更以哲学来分析。当哲学也解答不了的时候，我们只有向哲学的老大哥宗教请教。老大哥说：“男女为什么相遇，很简单，是缘分嘛。”

从此，缘这个字一直存在我们的生活之中。

女人不同，她们信仰宗教绝对不是为了做学问，谈哲学也毫无兴趣，怎会去研究佛经？

记忆力好的会把整幅大悲咒背下来。差一点的念念最短的心经，但是般若波罗蜜多是什么意思？意大利文或是客家话，不求甚解。

女人拜佛绝大多数是有目的的。要求诸事，一跪在神明面前即刻索取：求老公快点抛弃二奶、求儿女入间好学校、求一笔横财、求菲佣听话不偷钱、求……而且，她们还向神明开条件，如果一切如愿，明年才烧乳猪来还神。

问女人说弘一是谁？十个九个不知。

最讨厌的是随便地跟着一个三四流的和尚，法师前法师后打躬作揖，然后听了一点似是而非的道理，便把这个轮回理论向周围的熟人回放又回放。这些和尚说的不过是禅学中最基本的故事，已听过几百遍，和尚还当宝地举行大会演讲，叫人捐钱，真是“佛都有火”。

当女人也变成神棍时，最开心的应该是她们的老公。嘻嘻嘻，你越花时间去拜神，我越多得空闲到外面鬼混，反正你们越来越慈善，有一天把二奶接回家来你们也不发脾气了，嘻嘻嘻。

可怜的女人，为什么求神拜佛？总结起来，答案只有一个：因为她们寂寞。

求精神寄托的方法多得不可胜述，刺绣、种花、古筝、阅读，只是万分中之一，每种知识都可变成一门专门学问，只要向神坛争取回一部分的时间，每个女人都可寻回无限的人生乐趣。

弘一法师最常用的一句话是：“自性真清净，诸法无去来。”

连德高望重的高僧都教你们不必拘泥了，为什么你们是越陷越深地把自己当成老尼姑？

对宗教发生兴趣是件好事，步入中年，不管男女，都能在禅学中得到安宁。

认识的一些好女人也拜佛，她们的态度是超然的，不强求的。信佛风水命相，当成参考，心安理得，命运还是掌握在自己手中。

宣扬自己看开的女人，自己最看不开。看开了，默然微笑，还有必要向人声嘶力竭地宣扬？

保持自性真清净的少女心态去研究佛理，最令男人着迷，永不厌倦的。

石太太

出远门之后，返港的第一件事便是看完所有的报纸和杂志，已黎明。

一夜不眠，饥火燎原，到九龙城买炳达道的“富瑶”去喝早茶，成为习惯。

同桌的老太太，面目慈祥，把啃完的排骨骨头整齐地放在碟子中，我心中暗叫好时，她向我说：“记得我吗？我是石坚的妻子。”

对。邵氏片厂见过她。

“石先生好吗？”我问。

“好。”她回答，“行路不太方便，很少出门。”

“石先生有多少儿女？”

“四个儿子，两个女儿。五个内孙，两个外孙。”她说“你想问我是不是我一个人生的是吗？我们那一代，男人遇到朋友，总是问：你有几头家？我爷爷有四位太太，父亲也有四个。石坚很好，只有我这么一个老婆。是的，这些儿女都是我一个人生的。”

我笑了出来。

石太太叹了一口气：“这好像是一个人生的数目字，代表了我们做人的成绩。”

跟着她说："蔡先生，我想问你们男人一个问题。是不是每一个男人都要几个女人的？请你别误会，我虽然是个基督教徒，但我没有道德上的包袱。"

"有些男人是需要多几个女人的。"我回答，"但是有些男人连一个女人都搞不掂。我们男人也只是动物，动物有繁殖下一代的本能，现代的人类学家证实这一点，和好色是无关的。"

石太太点点头，好像接受了我的解释。

"富瑶"的老板也姓石，我们这些熟客一去，他都准备一碗汤给我们喝，用大量的姜片做底，中间放很多鲩鱼片，上面再铺满满的一层芫荽，清炖后上桌。这碗汤，早上来喝，解酒提神，比什么山珍海味更好。

我把汤和石太太分享，继续聊天。

"还时不时常和关德兴师傅来往？"我问。

石太太摇摇头："他们两人的性格完全不同，关先生好动，我先生好静。"

一般人的印象，是刚好相反的。

"从前还在一起饮茶。"石太太说，"不过关先生人面广，一出门弟子们一大班一齐去，我们不爱热闹，后来便少和他一块吃东西了。"

石太太说的都是事实，并非讲关师傅的坏话。

"黄飞鸿片集拍得不少，石先生在那里也应该赚了不少钱吧？"我们两人都上了年纪，不必转弯抹角地问问题，便单刀直入地。

"不。"石太太说，"最初关先生拿六百，石坚拿三百，后来曹达华红了，和关先生一样收一千，我们还是三百。最后他们两人越拿越多，工作人员跑来告诉我，我叫石坚去向制片多要一点，给他骂了一顿。”

当年的制片也叫片蛇，这里卖卖、那里卖卖海外版权，拿到一部片的投资额，便开拍三部电影。

“是的。”她也记起了，“有个叫大蛇陈的，有了钱嘴上咬着的香烟向上翘，没钱的时候便向下垂。其实他要是好好拍，三部戏中总能赚到一笔，可以维持下去，但是这个大蛇陈又好赌，轮个清光，便不付钱给石坚。”

“这个大蛇陈还在吗？”

“早就走了。”石太太说，“其实在黄飞鸿片集时，石坚并没赚到什么钱，真正能有点储蓄，是拍陈宝珠戏的时候，片酬才多了一点。”

“石先生为什么学武的？他年轻时是不是很好胜？”

“不，不。”石太太说，“石坚学拳，是因为小时候身体弱，学来健身的。”

“石先生有什么兴趣？在家做些什么？”

“石坚不赌马也不赌狗。”石太太说，“连麻将也不打。”

“看书呢？”

“看看报纸杂志。”石太太说，“书少看了，眼睛不好，字太小，看得吃力。”

“除此之外呢？”

“石坚爱养些风水鱼。”石太太说，“有时对着鱼缸，比看电视还好看。”

“石先生是不是和您一样，是位基督徒？”

“不。”石太太的答案令我意外，“石坚这个人不需要宗教，他一直自得其乐，对人生的要求也不高。做人要有什么目的？这个问题对他来讲并不重要。他是在年纪大后，时常陪我去教堂，才成为信徒，我觉得他做不做信徒，都不要紧的。”

“石先生一直演反派，十几年前又卖奸人糖的广告，扮演的角色，对现实生活做人有没有什么影响？”这是我最想知道的。

“有些人很介意别人对他的印象。”石太太说，“那是为了别人而活。石坚和我，从年轻到现在，都是为自己而活，怎会有什么影响呢？”

哈尔滨来的女人

走进办公室的是一个长得很高的女人。

她不能说是很美。

“你好，我姓张，张爱玲的张。”女人伸出像钢琴家的手来给我握，很细长耀眼，“法新社的严先生介绍的。”

严先生是新闻界中被尊重的长者，不太轻易为一个陌生女子做这种事，为了她，严先生率先亲自来电话，而这个女人以名作家的姓和自己拉在一起，表示爱看书，初次见面，第一句话就想留深刻的印象给对方。

“请坐。”我客气地。

女人身穿一件Leonard的薄绸衣服，但没有该厂的典型妖艳的花纹，只选最不抢眼的黑白短裙，露出修长的小腿。

“你和严先生是怎么认识的？”我当然要摸清两人的关系，但在我还没问出口时，她已经自曝。

“严先生来巴黎开报业大会时，我做过他的翻译。”接着她说，“法国住了三年，法文还是不太灵光，我在纽约也工作了两年，是当时装模特儿。”

静的也行，动的也行，真厉害。

“巩俐和我是同班同学。”她说，“我想来香港试试，要是做不成演员，我想当导演。在巴黎大学，我学的是编导。波兰斯基在我们学校教过，费里尼是我们的主任教授。”

波兰斯基给美国赶出来后一直住在法国，在大学教课有可能，但费里尼已逝世，死前也没听过他要去法国教书，这点不对。

看到我的眉毛翘起了，她说：“你不相信，我可以将大学毕业文凭传真过来给你看看。”

我赔笑。

“呀。”她说，“香港人可真复杂，没那么容易信任别人。欧洲人就比较热心，尤其是西班牙人，他们每天就是Amour Amour地，无时无刻地恋爱。”

是的，我也知道西班牙人不错。

“像我这么一个单身女人，可真不容易。”她说，“我千方百计，才弄到一张玻利维亚的护照，现在我什么地方都能去，这世界上再也没有一个人可以阻止我。”

这些女人，实在令人叹为观止。

“我将我在外国这么多年来的生活经验，写成了一个剧本。这种戏比较有生意眼，一个女人在外国的挣扎，观众一定爱看。”

未必吧，我心想。

她似乎看到我的猜疑，即刻说：“其实我真正想拍的故事历史背景很恢宏，我想告诉世人，一个女子无亲无故，是怎样地挨下来的，当年的生活，是多么的悲惨！能够生存，一定有过人之处，戏拍出来一定卖钱。”

我正要说已经没有人爱看这种电影时，她说：“我知道，也许这种题材已经有人拍过，或者过时。还是我刚才讲的第一故事有把握，我们可以加很多床上戏。像她去求人时，是怎么被人家占便宜的部分，有情欲的镜头，是很自然的。”

一个籍籍无名，又没有演戏经验的演员，即使脱衣服，也不一定有人买票。

“剧本在我酒店。”她媚着眼，“你可以到我房间研究研究。”

忽然，她发作起来：“你们男人都是没有良心的！”

这跟有没有良心有什么关系？

不等我出声，她喋喋不休：“你们只会利用我的身体。在家乡那些人也是一样，在巴黎公寓的包租公也是一样，在纽约的餐厅老板也是一样。没有一个人同情过我！你们都只有一个目的，那就是我的身体了！”

我没有要你的身体呀！我的小姐，我站了起来，想下逐客令。

呜，呜，她哭了出来。

对付这种女人，只有打电话叫警卫，我伸手过去——她整个身体扑前，两手按着电话筒。同时双臂一挟，低头中胸前的那团东西像要掉出来似的：“你就算可怜可怜我吧。给我一个机会，我再也不想回到洋人的社会。要给，也给自己人。您不肯来酒店，就在这里好了，您要是怕，我可以……”

她张开了嘴巴。

我伸出手，向她摸去。

她闭上眼。

我抚摸她的头发，她静了下来。大概是很久，已经没有人摸过她的头发了。

将她由椅子上扶起，我送她出门口。

“您为我打一个电话，我就乖乖地走，您能答应我吗？”

我点点头。

“您一定认识区丁平导演，你替我介绍一下。”

想起法新社的严先生，我明白了，无奈地点点头。

她大喜，眼泪即刻停止，扬长而去。

关起门，舒了口气，这时才发觉，从头到尾，我只讲过：“请坐”两个字。下次学会连这两个字也不说了。

何妈妈

奇怪吧？我也有过一位星妈。

当我很年轻的时候，监制过一部叫《椰林春恋》的歌舞商业片，全部在马来亚拍摄，没有厂景。

女主角是当年最红的何璃璃。

电影、生活照看得多，本人没有见过，由公司派来。

听到关于她的消息，不够她妈妈多。

何妈妈是最典型的星妈，而当年的星妈，集经理人、宣传经理、保姆于一身，其权力和势力，绝非当今影坛所能想象得到的。

电影圈中人，都说璃璃很随和，没有架子，亲切可爱；最难搞的，是何妈妈。

年轻时天不怕地不怕，兵来将挡，何妈妈会有什么三头六臂？

我们先到，把外景地看好，接着便打telex回香港，那边说由新加坡转国内机，晚上某某钟点抵达。

在小地方拍戏，大明星来到，是件轰动到可以调派政府军的地步。我们的车辆直驱机场跑道，去迎接她们母女。

螺旋桨的小飞机抵步，舱门打开，机场工作人员把扶梯推近，走出来的第一个人，便是何妈妈，她一身白色旗袍。最受注目的，也是印象最深的，是她戴着的白帽子，是貂皮做的。我的天，在南洋的大热天中！

接着是璃璃。记者的镁光灯闪个不停，何妈妈向各位微笑挥手，做足国家元首状。璃璃的样子依稀可在妈妈脸上看到，只是妈妈很瘦，变得脸有点长，两只腿露在旗袍外，像鸡脚。

我这种小监制，当然不看在眼里，没打招呼。

一路回到旅馆，门外已挤满了影迷，至少上千人，根本就走不进去。当地警察开路，影迷不肯退让，只好用卡宾枪的枪柄来撞，看到有些人被打到鼻青眼肿，还一直呼喊着璃璃的名字。

等到深夜，终于得到何妈妈的召见。

已下了妆，脸色有点枯黄，头发短而松，脱了帽子的关系，凌乱得很，样子实在吓人。

把手上那本人手抄写油印，封面四个红大字的剧本放在桌子上，何妈妈施下马威：

“你知吗？我们璃璃，是当今公司最宝贵的资产！”

“唔。”我回答，“怎么啦？”

“你难道没有看到，剧本上有一场在海边游泳的戏？”

我以为何妈妈要反对璃璃穿泳衣，但又不是。

何妈妈说：“你这个当监制的，做好准备了没有？”

“什么准备？”我给她弄糊涂了。

“海里有鲨鱼呀！”何妈妈宣布，“万一我们璃璃被鲨鱼咬到怎么办？”

“浅水里哪来的鲨鱼？”我反问。

何妈妈翘起一边眉毛：“你能保证？”

“这种事怎么保证？”我也开始脸红。

“所以问你有没有做好准备呀！”何妈妈的声音也越来越

尖，“你可以叫人在外面钉好一层防鲨网呀！至少，你也应该准备一些鲨鱼怕的药水，放在水面，鲨鱼才不敢来咬我们璃璃呀！”

已达到不可收拾地步，我爆发：“这简直是无理取闹，你们璃璃要拍就拍，不拍拉倒！”

这时候何璃璃走了出来，没化妆，还是那么美艳。她每讲一句话都像撒娇：“妈，那么晚了，快睡觉吧，明天一早拍戏，蔡先生还有很多事要做，别烦人家了。”

何妈妈才罢休，临行狠狠地望了我一眼，尖酸哀怨，令人不寒而栗。

倒祖宗十八代的霉，隔天就要拍这场游泳戏。

摄影组拉高三脚架，灯光组打好反光板，男主角、导演、助导、场记一群人都在那里等待，但女主角不肯下海，就不肯下海。

璃璃穿着蛮性感的泳衣，身材一流，好莱坞明星比例都不够她好。

但是没有妈妈的许可，她不能动。

快到大家急死的时候，我领先脱了衣服，剩下条底裤，扑通一声，跳下了海，向何妈妈说：“鲨鱼要咬，先咬我！”

众人望着她们母女，何妈妈最后只有答应璃璃拍这场戏，璃璃望着我，笑了一笑，好像是说我有办法。

之后整部戏很顺利地拍完。何妈妈也不像想象中那么难应付，她出手大方，差不多每天都添菜宴请工作人员。

杀青那晚，大家出去庆祝，我留在酒店中算账，从窗口望出，见何妈妈一个人在走廊徘徊。

原来何爸爸也跟着大伙来拍外景，而何爸爸在吉隆坡有位二奶，临返港之前和她温存去也。

我停下笔，走出去，把矮小枯瘦可怜的何妈妈抱在怀里，像查理·布朗抱着史努比，何妈妈这时才放声大哭。

“我的儿呀！”她呜咽。

从此，我变成何妈妈的儿子，她认定我了。

电影圈中，我遇到任何困难，何妈妈必代我出头，百般呵护。何妈妈虽然去世得早，我能吃电影饭数十年，冥冥之中，像是她保佑的。

琉璃

见面时，我们情不自禁地拥抱。

岁月在我们身上都留下痕迹，但她还是回忆中的那个少女，一个不断地追求精神上更高一层次的女人。

刚认识时，她已是位出色的演员。我们一起在东京拍戏，工作完毕，到一家小酒吧去。本来清清静静，给我们又唱歌又闹酒，气氛搞得像过年。是的，那是旧历年的除夕，日本不过农历年，只是个平凡的晚上。我们身处异乡，创造自己的年夜。

另一年的元宵，我们一起到台湾北港过妈祖诞，鞭炮的废纸，在街上一层铺了又一层，有如红色的积雪。

从来没见过人民那么热烈地庆祝一个节日，各家摆满十数桌酒席，拉路过的陌生人去吃饭，越多人来吃，才越有面子。

烟花堆成小山，已不是噼噼啪啪地放，而是像炸弹一声轰隆巨响，刹那间烧光一切。

看个地痞变本加厉地拿个土制炸弹掺进烟花中，爆炸的威力令我们都倒退数步。

“虎爷不见了！”听到人家大喊。

这个虎爷是块轩黑漆漆的木头公仔，据闻是在百多年前由大陆请神明请到台湾来的。北港的人民当安是宝，给那个土炸弹爆得飞上天空失踪了，找不到的话，人民迷信将有一场大灾难。

混乱之中，有些流氓乘机摸了她一下，我们这群朋友看了火滚[①]，和他们大打出手，记忆犹新。

好在大家都没有受伤，虎爷也在一家人的屋顶上找到了，一片欢呼，结束了疯狂的一夜。

从此，二十年来我们再也不碰头，但在报上、电视上常看到她的消息，由一个专演娱乐片的明星，到拍艺术片，连续了两届影后的她，忽然地息影了。

电影这一行，始终是综合艺术，并不个人化。好演员要靠好的导演栽培。成为大师级的导演，又是谁出钱给他拍戏的呢？还不都是庸俗的商人。

她寻求自我中心的满足感，终于找到了琉璃艺术这条路。

听到这消息，真为她高兴。这个艺术的领域，还是很少人去琢磨的。

书法、绘画、木工、石雕等等，太多大师级的人物霸占着一席。如果大家都是以艺术家身份来互相欣赏，那倒无所谓。令人懊恼的是浑水摸鱼的人太多，攻击来攻击去，已不是搞艺术，而是搞政治了。

琉璃艺术在西周，三千多年前已兴起。历代中产生不少的光辉，到清朝还在鼻烟壶上努力过。近代东方人一直忽视了这门工艺，反而是西方，深受重视。

美国的Tiffany、捷克的Libensky的作品，我到世界的各大博物院中都曾经见过。二十世纪初的西方装饰艺术Art Deco中，琉璃作品里也大量运用中国器皿为概念，这门艺术，应该在东方发扬光大

① 火滚，粤语，指很生气。

才对。

有时看来像翡翠，有时看来像玛瑙，有时看来像脂玉，有时看来像田黄。琉璃艺术的颜色变化多端。

这种法国人所谓的水晶脱蜡精铸法（Pate-De-Verre），是将水晶的原粒，加入发色的酸化金属，在炉中高温数字化而成，过程复杂到极点。多年来，她一天十几小时，就算酷暑炎午，她还是在四十摄氏度的高温下工作，失败又失败地重复之下，得到的成果，来得不容易。

作品《玫瑰莲盏》中，水晶脱蜡精铸法已发挥到淋漓尽致的地步。碧绿的莲叶，含着那朵鲜红的小花朵，像一块刚挖出来的鸡血石，是大自然浑出来的斑点，意境极高。

众多作品，我最喜欢的是《金佛手药师琉璃光如来》。一只金色的手臂，隐藏着面孔慈祥的佛像，概念是大胆而迎新的，这是从来没有看过的造型，应该说是她的代表作吧。

法国的巴克洛和达利克把琉璃艺术发展在商业装饰里，开拓了广大的世界市场，为国家争取了不少外汇。

我们见面时，问过她是否会走法国人的商业路线？

她笑笑，表示留给她的伙伴张毅去做，自己只攻创作。其实她的作品中的“悲悯”和其他不同的主题，是外框很厚的玻璃砖，中间藏着各类雕塑，很适合建筑美学上用，能将一栋平凡的墙砌成一件艺术品。

在我三十多年的电影生涯中，认识的女明星不少。家庭破碎的也有，潦倒的也有，消失的也有。

我也认识很多后来成为贤妻良母，家庭美满的演员，俗人知道也好，不知道也好。

她应该是最幸福的一个吧。看到她的表情，很像《芭贝之宴》一片的女主角，用尽一切为客人做出难忘的一餐。

人家问她：“你把时间和金钱统统花光，不是变成穷人吗？”

芭贝回答：“艺术家是不穷的。”

朋友常问说我写的人物，是不是真有其人？在她的例子，是真的。她的名字叫杨惠珊，又叫琉璃。

新井一二三

从好几年前开始读《九十年代》杂志时，留意到一个叫新井一二三的日本人，用中文写时事评论。

好几位文艺界的朋友都在谈论，说此人中文没有瑕疵，一定是中国人化名写的，但也研究下去为什么好端端的一个中国人，要用日本名干鸟？

新井一二三，是男的是女的也不知道。日本名字一二三，男女都可以用，不像什么郎、什么子，一看就分辨得出。但作者用的文字和语气，都相当阳刚，大家推测说是个日本报社的驻中国记者，一定是个男的。

是男是女，最好问《九十年代》的爷爷李怡兄。他卖个关子："新井人不在香港，等有机会的时候，才介绍给各位认识。"

后来，新井果然来了，在《亚洲周刊》当全职记者。有一次李怡把新井带来，证实是位女的。

像罗展凤在某报副刊写她：新井有着日本女孩传统的娃娃脸蛋、清汤挂面，不施脂粉，简单服饰却又流露着一种说不出的Charming（吸引力）……

给人家叫为有吸引力的女子，就是说她不漂亮。的确，新井并不漂亮。

但是，试试看找一个会说流利国语，又能用纯正中文写作的日本人给我看！

日本出名的汉学家很多，翻译不少中国文学巨著，但是叫他们写中文，数不出一两个。

“我叫新井一二三，是因为我是一月二十三日出生的。日文读起来不堪重负音读的Ichi，Ni，San，而是训读的Hifumi。”新井大声地自我介绍，你要是和她交谈，便会发现她讲话是很大声的。

新井简单地叙述自己的生平：早稻田大学政治系毕业，期间学中国文学、政治和历史，后来公费到北京和广州修近代史。在《朝日新闻》当过记者，嫁去多伦多，六年之后离婚到香港来。

一九八四年邂逅李怡，当了他的宠儿，一直鼓励她以中文写作。她前后在《星马》《信报》发表过多篇文章，终于出版了第一本中文书《鬼话连篇》。李怡说：“我感到似乎比我自己出一本书还要高兴，甚至有一种难以形容的骄傲。”

“很少中国女作者有那么勇敢，肯把自己堕胎的赤裸裸经验写下来。”张敏仪说，“我想见她，是不是可以约一约？”

新井在《亚洲周刊》时，我曾经和她在工作上有些交往，有了她的电话号码，找到她。

新井对这位广播界的女强人也很感兴趣，欣然答应赴约。

我们去一家日本餐厅吃晚饭，大家相谈甚欢，也提起她加拿大前任丈夫的事。

“我以为他是一个思想开放的西洋男人，他以为我是一个柔顺体贴的东方女子，结果两者都失望。哈，哈，哈！”新井笑起来，和她讲话一样大声。

香烟一根接着一根，张敏仪不喜欢人家抽烟，对新井和我，左一支，右一支，熏得眼泪直流，但也奈何不得我们。

天南地北，无所不谈，讲到文学，她们读过的许多世界名著，都是共同的。敏仪日文根底好，记忆力尤强，能只字不漏地朗诵许多诗词，这点是新井羡慕的。

她大声说："如果我是中国人，便会像你一样有吸引力得多。我虽然略懂中文，但是在诗词上的认识，总有不能意会的地方。"

"坏在我们太过含蓄，太过保守，不能像你们那么开放！"敏仪的声调也让新井影响，高了起来。

坐在旁边的客人转过头来看这两个高谈阔论的女子，令我想起南宋刘克庄的《一剪梅》：

> 束缊宵行十里强，挑得诗囊，抛了衣囊。天寒路滑马蹄僵，元是王郎，来送刘郎。　　酒酣耳热说文章，惊倒邻墙，推倒胡床。旁观拍手笑疏狂；疏又何狂，狂又何妨！

敏仪酒量不如新井，一杯又一杯，当晚干了数十瓶日本清酒。

新井又谈起她的加拿大丈夫："我们是用普通话对谈的，在广州认识，我当年才二十三岁，就糊里糊涂嫁了给他。离婚后才第一次和他讲英文。"

敏仪说："不如单身的好，现在是什么世界？还谈什么嫁不嫁人？"

话题又转到同性恋上去，新井嫁过人，堕过胎，当然不是女同性恋者。

“许多搞同性恋的男人，都蛮有天分的，尤其是干艺术的，越来越多。”敏仪说。

新井也认为男同性恋很有才华，她越说越大声：“但是，没有用呀！没有用呀！”

她那“没有用”三个字可圈可点，笑得敏仪和我，差点由椅子上掉下来。

微笑的小红

小红只有一个表情，那是她的微笑。

要是长得丑，人家一定当她是白痴，但是小红很漂亮，从小就惹人喜欢，长大后，她的笑容，更是迷倒众生。

本名叫什么已没人记得，我们尽管叫她小红，是因为她的皮肤白里透红吧。喝了酒，她的脸色略红也是原因。也许，她的个性有点像红拂女，不知什么时候开始，她便变成永远的小红。

和老套的故事一样，小红生长在一个有七八个兄弟姐妹的农村家庭，在十七岁那年，已要进城当酒女。

经理看到那么好的一块材料，高兴得不得了，即刻叫她上班，令经理更惊奇的，是小红的酒量。

任何客人要和小红斗酒者，她从不拒绝。

“来，干掉它！”客人命令。

小红一句话不说，那么大的一杯满满的白兰地，咕噜咕噜地，喝得一滴不剩。

再来，再干，再来，再干，十几杯下来，客人已倒在桌下，小红还在微笑。

小红一炮而红，全城的酒客都来找她，要灌醉她为止，但是，没有一个人做得到。

客人之中，有位政治家的儿子，每晚必来捧场，他人长得高瘦，神情略带忧郁。小红注意到他那十根手指，纤细修长，像钢琴家所有，这是她在乡下的男人身上，从来没有看过的。

他从不勉强小红干杯，只顾着自己喝。小红来敬酒，他也一口干了，那种豪迈，也不在其他客人找到。而且这个人的钱好像花不尽，每晚的酒钱，加起来，已经足够小红一家人吃一辈子。

和政治家的儿子一比，那个纱厂大王的儿子就显得污秽，他常毛手毛脚，醉后大吵大闹，讨厌到极点。到酒吧，一定带着和他父亲有生意来往的商家，让他们请客，自己从没出过一个子儿。

小红一看到他出现，即刻躲在休息室内，要等他离开才肯出来。经理看在小红是红牌阿姑份上，也不敢勉强她陪酒。

血腥事件发生了。

一晚，政治家的儿子和纱厂大王儿子吵了起来，被酒家的经理和打手劝息。

当政治家的儿子走出去酒吧后，纱厂大王儿子带了一群人，拿了武士刀向他狂斩，政治家儿子赤手空拳地打倒几个。但纱厂大王儿子从他身后偷袭，他转过头来，用手挡住。一刀之下，把他的三根手指削断了。

警察来到，大众鸟散。

救伤人员把那三根手指拾起，在医院施了精密的手术，把手指缝上。复原后，指头能动，但是连接处样子古怪，已经不像从前那么优美了。

小红终于嫁了他。

当然，家里也得到完满的照顾，小红亦是对得起所有人，决心做个好家庭主妇。

因为政治家需要大笔的竞选基金，开始和纱厂大王的关系密切，下一辈人的纠纷也在庭院外和解，官司不了了之。

婚后，小红为丈夫生下两个白白胖胖的儿子。小学、高中，儿子十六七岁那年出国留学。这期间，小红一滴酒也没喝过。

政治家的儿子，生意做得并不理想，每晚借故应酬，从不早归。家里一切，都是小红处理，佣人也不请一个，衣服也是手洗的。

新婚时期，他曾带她到外国各地旅行，当年老爸还是有点财势。日子一久，他们什么地方都没有去过。有一天丈夫忽然心血来潮，向小红说："去一个我从来没有去过的地方玩玩吧！到哪里去好呢？"

小红微笑："厨房如何？"

渐渐地，丈夫更不回家睡觉，也不打一个电话。

"我要去当妈妈桑。"小红有一天向他宣布。

"我们家有名有望，怎么可以让你去丢脸？"

"家用不够，儿子的学费呢？"小红问，丈夫不答。

小红复出，十七岁嫁人，儿子十七，小红只有三十四，样子又长得娃娃脸，是女人一生最成熟漂亮的时候，尤其是那身材，产后保养得好，腰还是二十三吋。

一杯又一杯，小红工作的地方白兰地卖得特别多，生意兴隆，她得到许多奖金，都存进户头。

照样没有人看到小红醉过，直到一个晚上。

一位中年男人几杯就把小红灌倒，搂着依偎在他身上的小红，那男人把她带进旅馆开房。

事后男子又醉又筋疲力尽，呼呼大睡时，小红将两张椅子并排，把那个男子抱起，将他的臂放在椅背与椅背之间，然后爬上桌子，从高处一跳，以全身之力，压断他的手臂。那男的痛得晕倒。

小红把他的手臂换一个角度，依样画葫芦地摆好在椅背与椅背之间，再跳一次。咔嚓的骨碎之后，小红确定这人的手臂已不能接驳，才满足地离开。

读到这里，各位必已猜到这个男人，就是纱厂大王的儿子。

小红从此退出江湖，等待儿子毕业回来，养乐天年，没有停止过微笑。

野女孩

成龙一面拍戏，空余时间，经理人陈自强安排他拍一些广告，反正日本人手阔，一两天工夫就有七八百万港币，何乐不为。

这一次广告公司派了大队人马，移阵到墨尔本来。除了日本和香港的工作人员，还在当地请了一些助手。

其中有位金发女郎，圆脸，两颗大眼睛之外，五官的配合并不调和，可以说是难看到极点。而且，头发是染的，本身是个日本人。

广告拍完，摄影队归去。隔了数日，成龙请友人加山吃饭的时候，这个女人又出现了。

“我是在这里念书的。”她宣布。

多一个人吃饭，不要紧，但是菜一上，她大咧咧地举筷先夹菜。礼貌这两个字，她的字典中不存在。

年纪还小，我们不在乎。

成龙叫的那支珍藏红酒，正等着呼吸，她已等不及，自己倒了一大杯，咕哩咕嘟地灌下去。再倾，又是一杯，当成可乐。未几，已干掉半瓶。

为成龙制造夹克和T恤的加山，低声地用日语向我说：“现在日本的新人类，和我们认识的女孩子不太一样吧。”

我笑着问：“什么女孩子？”

“她年纪不大，叫女人太老？”加山说。

“什么女人？”我再问。

加山目光对着她：“那个女人呀。”

“什么女人？”我又问。

“难道是男人吗？”加山说。

“是人吗？”我反问。

加山听明白，笑了。

当当当，“这只东西”有点醉，拿了筷子，把碗碟当成锣鼓，敲将起来。

烟一根接着一根，手指也黄了，牙齿也黄了。看见三十支装的万宝路烟盒已空，走过来把我那一包拿去，谢也不说一声，从此不回头。

她死缠着成龙讲话，一面讲一面拍着成龙的手臂，不让他有机会分神。说完一个并不好笑的笑话，大家笑不出，她自己格格大笑不停。

这顿饭好不容易吃完，甜品上桌，是一大碟芒果布丁，她先用匙羹掏了一羹，大叫：“Oishi，Oishi。”[①]

用舌头把匙羹舔了又舔，不等其他人，又来一羹。这一下，大家都不敢再吃，尤其是听完她见到喜欢的男人便和他们上床的故事。

席散，我们回公寓，这东西死都要跟来，不管大家怎么暗示。后来，干脆向她说：“我们还有工作要谈，你来了不方便。”

她苦苦哀求之后，举起三只手指做童子军誓状：“让我在一

---

① Oishi：日语，指美味。

边听吧，我答应一句声也不出。”

拗不过她，让她上车。

果然遵守诺言，这个话说不停的东西，进到成龙房间只声不出，但很惹人反感地东翻西翻，被大喝一声之后，才乖乖地坐下。

加山拿出十种设计给成龙看，怎么看都不满意，T恤的图案，失败了不要紧，本钱轻，数量也不多，但一到夹克，尤其是皮制的，非细心处理不可。

正当烦恼，“那个东西”悄悄地拿着特粗的签字笔，把图案的侧边和底部钩了一钩。字体即刻突出，由平凡的设计变成一个极有品位的标志。

“我是学服装设计的。”她终于开口。

大家都在感叹她触觉的灵敏时，她由袋中拿出一堆彩色笔，把其他的设计左改右改，变成张张都能派出用场。

“犀利！”有些人喊了出来。

“唔算乜野啦！”[①]她说。

“你认识广东话？”大家惊奇。

她腔调纯正地：“上几个男朋友系香港人，床上学嘅。”

“仲识得讲几种话？”

“法文啦、西班牙话啦。”她说得轻松。

不解释大家也知道，又是在床上学的。

由台湾来的女主角也在座，她不懂广东话，用国语问：“你那间学校不错嘛，我也要去学。”

“只学基础好了。”她又以国语回答，“其他的在书本、杂志上学，去博物馆学，到各国大城市的商店学，学校教的，

① 粤语，指这不算什么。

没用。”

“我们吃饭的时候骂你的，你都听得懂？”众人问。

“不。”她摇头，“不想听的，听不懂。”

“你怎么这么野？”我们干脆直接问她。

“做艺术的人，感情是不可能控制的。但是多几年，我也不会那么放肆，老了就圆滑，乘现在年轻，野一点有什么关系？”她说。

“但不是每一个都能忍受得了你呀！”我们说。

她幽默地回答：“我也在忍受你们呀！”

叹为观止，绝倒。

影子美女

银幕上的佳人，是天衣无缝的，是完美的，化妆、灯光、摄影角度下，她们永远是你的梦中情人。

亲眼见过的女明星中，真人倒并不是在镜头中那群仙女，她们也是凡人一个。

还在念书时，伊丽莎白·泰勒和她的丈夫米高·铎来新加坡宣传他监制的新片《环游世界八十日》。

机场中挤满了各报的记者，大热天下，伊丽莎白显然地不耐烦，但她刚新婚，又初临该地，不得不做出欢容。

近看之下，她那层厚厚的化装盖不住脸上的雀斑，手臂上的皮肤也相当的粗糙，当然，她那时的身材还是第一流的，腰很细，不过腿是短了一点，记得和我一比，矮了一个头以上，只到我颈下那么高吧。

二十年后，她来邵先生的别墅做客，只见过她一眼，已是个臃肿肥胖的老妇，听说她还喝酒喝得糊里糊涂。最近看她的照片，又瘦回了，还略有年轻时的一些影子。

在新加坡还看过占士·邦戏的女主角乌丝拉·安得丝（Usula Andress）。

她在海滨上拍戏，印象中，她的颧骨特别高，太阳下在脸上有两个大黑影，肩膀也来得阔，背后看去，活像一张麻将桌。

穿得密密实实的她，记者要求她以泳装示众，拍几张相片，乌丝拉听了不悦，这我也能了解的，何必为你们这群家伙脱衣呢？这一来惹怒了西报记者，翌日以刻薄的大标题说：Andress refused to undress。安德丝（谐音脱衣），拒绝脱衣。

一致被香港人公认为美女的珍·丝摩也不见得特别好看，《时光倒流七十年》这部戏处处碰壁，只有在香港成为上映最长的西片。

珍·丝摩本人也很矮，说起话，笑起来，嘴还有一点歪，看得出她有一副假牙，可见在外国的牙医，技术也不见得高明，或者是她不肯付多一点钱也不一定。

电影拍摄之前她化妆化得很久。经验老到地望着摄影机镜头的倒影，注意自己是否完美，还不时地和摄影师、灯光师商量，这样好不好？那样好不好？

有一位身高六呎的黑人明星达玛拉·杜逊，她来香港拍《黑金刚大战狂龙女》时，我差不多每天与她见面，足足有两个多月。

黑人女人的皮肤，比端砚还要光滑，达玛拉长得相当的漂亮，尤其是不化妆的时候，更是一个大美人。

错误的印象，是黑人都有体臭。时装模特儿出身的她，很会保养自己，一直保持干净，不但毫无臭味，略出微汗，还有一股异香。

达玛拉的毛病出在自卑感太重，变为无尽头的自大狂。在片场拍戏，她要求定做一张椅子，比导演的还高。

后来臭脾气越来越重，迟到早退，什么坏事都做尽，搞到我们当制作的人头痛不已。最后只有出绝招，叫几个比她更高大威猛的武师乘排戏的时候，打了她几拳，她才乖乖地拍下去。

演反派狂龙女的是史蒂拉·史蒂芬，她曾在好莱坞红过一时，大家也许会记得她演过的《海神号历险记》。

在香港拍戏时，她有一个发型师兼经理人兼男伴的嬉皮士跟着，这个人身上都是各式各样各种颜色的丸仔，还有大量的大麻，不知怎么让他偷运进来的。史蒂芬当年只有三十岁，大乳房已下垂，不穿胸罩荡来荡去，她满嘴粗口，“发发”声的，但性格开朗，讨人喜欢。

偶然的机会下也遇见过英国的苏珊娜·约克，她还是怀春少女，在外景地埋头写情书，后来她也进攻好莱坞，和伊丽莎白·泰勒演过对手戏，但总红不了。几年前她拍过一部疯妇杀人戏，露胸露毛，已不堪入眼。

印象最佳的是格丽丝·凯莉，她和雷奈王子一块来参观邵氏片场的时候已经有四十多岁了吧。她穿了一套粉红色的名牌，但已遮不住那发胖的体形，不过脸部还是那么美丽、高贵、安详，和她演《后窗》时不无两样。

大热天，加上片厂中的几十万火灯光，许多旁观者都要求和她拍照，不是件舒服的事，但她没有拒绝，一一耐心地微笑，我当然也想和她合照一张留念，但无论如何，都开不了口。

前年东京影展，《目击证人》（*Witness*）的女主角凯丽·姬丽丝也前来参加。

经制片介绍，我们谈过几句，发觉她很高，至少有五呎十吋以上，并没有穿高跟鞋，她的眼睛有一点毛病，眼珠可以分开左右眼角，中间留白。

《目击证人》里她演的清教徒，美得令人气窒。眼前一看，是一个极为普通的女人，不像明星，倒似奥运选手。

比凯丽·姬丽丝还要高的是苏菲亚·罗兰，有一年在罗马的特艺七彩冲印所见过。

罗兰说话时带意大利人同一手势，握着五指，向自己的唇上一吻，强调那一家餐厅的东西好吃得不得了。

她本人眼大、鼻大、嘴巴大，唇特别厚，半夜出现，包把你吓得掉头就跑。拜赐好莱坞技巧，银幕上的她，是那般的美艳，连男主角站在她身边，也不觉她高大。谁会想到，在和矮仔明星亚伦·烈特演对手戏，两人在沙滩散步时，工作人员挖了一道深渠，让她与男主角并肩而行的苦心?

打秋千的女人

小时候读古书，看名画，见诗人携青楼名妓数名游山玩水，羡慕之极，向上苍许愿，愿在人间一日，能有同样艳遇，死也瞑目。

至今，这个愿望当然没有实现，也不可能实现。比较接近的，倒是有福气享受。

印象中的名妓，琴棋书画皆通，天南地北，更是谈个通宵。去过日本的料理亭，可找到极有修养的艺伎，可惜日本人太注重繁节，艺伎更要依传统涂得脸上白白的，顶她们不顺。

活泼可亲的是韩国艺伎，他们称为“伎生”的女子。

年轻时参加在汉城举行的亚洲影展，韩国大老板申相玉请我去的伎生馆，甚有中国古代青楼的风范。

幽雅的庭院，经过小桥流水，我们一行数人被带入一宽敞的房间，席地而坐。

壁上挂着的画，出于何人，当然不懂，细观之，每一个人物都脸带笑容，奇怪的是，连猫狗也在微笑，后来询问，才知道是韩国的传统风格，一切动物，都开心的。

房子中间是一张长形的矮桌，我是主客，坐在后端。未几，伎生一个个走进，她们穿着韩国服装Chong Magei，宽大的裙子，束于胸前，垂至地面，里面穿着一条裤子，虽说包得紧紧的，什么都看不到，但是上衣又短又小，束胸的带子，挤出半截乳房，甚为诱人。

妓生们都坐在客人的右边，我问道理，申相玉笑着解释：“古人带剑，放在左边，方便右手拔出之故。”

其他侍女奉上食物，以为韩国人只有金渍和烤肉，但是这餐的丰富豪华，是生平未见的：单单是小菜已有九十种，主菜未算在里面。

先来一碗用松子磨成的粥糜打底，妓生一口口喂我吃，韩国妓生居中，客人都不必自己动手，香港人称之残废餐，是自卑感作祟。

见桌面上的小菜，有一道是新鲜野生人参切片，未尝试过，妓生已由我的眼神中会意，即刻用银筷子夹起，沾了蜜糖喂过来。银筷子是旧传统留下，证明食物无毒。

主菜中也有中国式的火锅，造型袖珍，每样菜一块，绝不重复，中间以细炭火烧之。

因为语言不通，当然未涉及什么琴棋书画，韩国女人多数豪爽奔放，她们诱你猜拳饮酒，再载歌载舞。总之，今晚的目的，是令客人不醉不归。

那个在我怀里的妓生，和其他大吵大闹的不同，斯斯文文，恬淡地服侍，大概因为我是主客，申相玉挑选了一个好一点的给我。

又进来了几个妓生，都比我身边这名漂亮，她们向我敬酒，想不到这女子醋性大发，叽里咕噜地用韩语狠狠地教训她们几句，那些女子都低头下去。

这时，她把桌上的小杯用手拨开，举起中间的那个大汤碗，摔掉碗中物，把一大壶酒倒进去，做一个先干为敬的礼，就一大口一大口地把一汤碗的酒喝掉。

三人乐队走入，开始奏乐，伎生们各自唱歌，又拉客人合唱，也不限于韩国歌，西洋流行曲照唱，其他女的排成一排跳扭腰舞，舞步合拍，像一个小歌舞团。

轮到我身边那个，一开口，歌声就把同行比了下去，她唱的是一首哀艳的歌，以忧郁的眼光望到每一个客人。唱完，又连喝两大碗酒，面不改色。

让客人饮的，是栖片和肉桂炮制的解酒汤，她们并不想你那么快地醉倒。

气氛并不因此而静下来，侍女们捧了一个大鼓进来，让我的女伴绑在腰间，然后她们又搬进十二面挂吊着的大鼓，放在墙边。

伎生用两枝细竹棍敲着腰间的双面鼓，越跳越快，又倒弯着腰，敲墙边的十二面鼓，令众人眼花缭乱。

舞完，众人大力鼓掌。伎生依偎在我背上，轻轻地喘气。

当然，她并没有陪我。高尚的伎生馆，卖艺不卖身的。临别时几个女人叽叽喳喳的，她们也懂得一点英语，相约明早去野餐。

第二天，她们一群人在酒店大堂等我，还是穿着她们传统的大裙子，和昨夜不同的是素色的多。

我们一行到了韩江的尽头，夏日炎炎，江水退后，露出一大片白沙。沙滩上，她们由篮中把种种食物搬出来，都是刚煮好的，可见出发之前已经做了许多准备工夫，当然，不能缺乏的是酒。

远山近水，风景不如中国水墨画中那么清秀，身边美女，却不逊色。

有些女子到附近去采了些野草莓给我吃，有些在打秋千。夏天打秋千是她们的传统游戏。韩国秋千用个原始的木架钉着，绳索有两丈高，打起来整个人像仙女一般地飘出去，衬着她们的大裙子，煞是好看。

当今韩国女人还打不打秋千我不知道，伎生馆还是开着，甚至东京也有数家分行，乘它们还没有消失之前，向往古代青楼的朋友，都应该去试试。

大食姑婆

女人之中，最欣赏的是大食姑婆。

原因可能是我上餐馆的时候，一喝酒，便不太吃东西，所以见到身旁的女伴一口一口地把食物吞下，觉得着实好看。

我认识的大食姑婆中印象最深的是名取裕子，这位女演员曾在风月片《吉原炎上》中大脱特脱，但在文艺片《序之舞》里，她演个女画家，入木三分，得了许多奖，是日本第一流的女演员。

名取裕子来香港的时候由我招呼她吃饭，她坐在我身边，我说过我喝了酒不爱吃东西的，看她吃得津津有味，一下子吃完面前的菜，我就把我那份给她，她笑了笑，照收不误。

主菜过后，侍者问说："要面或饭？"

她回答："面饭。"

连我的，四碗吞下，还把其他人已经吃不下的十个荷叶饭打包回酒店，临走前把全部甜品扫了。

第二天一早送她飞机，问："你那些荷叶饭呢？"

"回到酒店已吃光。"她说得轻松。

这次的东京影展中又与她重逢，她拉着我的手，到处向人介绍我是她的男朋友，幽默地说："蔡先生喜欢我的，不是我的身体，是我的胃。"

松板庆子是位被公认的大美人。她有个毛病，就是大近视，又不肯戴隐形眼镜，看东西完全看不清楚，但是逢人便眯着眼笑，那些笨男人给她迷死了。

其他东西朦胧，但是对食物她绝对认得出，我们吃中餐时她也像名取裕子一样连我的吃双份，桌中其余男人看到了也不执输[①]，拼命向她献殷勤，忍着饿肚皮把菜递上给她。她说：“ALA！”（日本人喜欢说“阿拉”，没有什么意思，是个感叹辞罢了，和上海话的“阿拉”无关。）

“ALA！你们香港男人，胃口怎么都那么小！”媚笑之后，她毫不客气地把几份同样的饭菜吃得光光。

其实不止日本女人是大食姑婆，香港美女大食的也不少，常与四五位身材苗条的美女去吃上海菜，她们第一道点的就是红烧猪膀，有一次一只吃不够，再来一客呢。

吃相难看的人，本身也是难看的。美女们开怀大嚼，满嘴是油，来得个性感。

其中一名一大早饮茶，独吞八碟点心，再来一盅排骨饭，完了叫一碟蛋挞，犹未尽兴，最后加个莲蓉粽子才满足。

几小时后，午饭到韩国餐厅，我常去的那家服侍我的是正统的韩国小菜，一共有十余碟，加上七八碟烤肉，加一个牛肠锅，干干净净吃完。

四点钟她已喊饿，到大酒店吃下午茶，先来个黑森林，接着是芝士蛋糕，我开玩笑说不如来两客下午茶套餐，她点头称好。又是三明治又是面包，她一人包办。

晚餐带她去意大利餐厅最适合了，这么一个会吃东西的女

---

① 不执输：粤语，指不吃亏。

子，先用一碟意大利粉填满她的肚子。诧异的是那一大碟面条她只是当吃两片火腿罢了，接着叫头盘、汤、沙律、牛扒、甜品。我只是点了一客羊扒吃不完，分一半给她，她说味道不俗，可以不可以自己来一份？

半夜消夜，在潮州摊子打冷[①]，一碟鹅肠、一条大眼鸡、半只卤鸭，另叫花生豆腐。以为她会叫粥，但她点的是白饭，连吞三碗半，噎也不打一个。

垫上运动做得并不剧烈。

第二天，她一大早摇我起身，问道："今天吃什么？"

年轻时有个女友住吉隆坡，姓台，台静农的台，酷爱穿旗袍。她带我去湖滨公园去吃烤鸡，可以连吃五六只鸡翼、八只鸡腿、四碗白饭，后来看到卖榴莲的小贩挑着担子走过，再开了三个。

吃完她刷的一声把旗袍的拉链打开，完全不管四周的人是不是看着她，脚一摊，走不动了。我常开她的玩笑，说她不姓台，应该姓抬。

我想女人除患上厌食症，大多数喜欢暴饮暴食，只是怕胖，不敢罢了。潜意识里，她们都是大食姑婆，如果让她们放纵地吃，一发不可收拾。

雷·伯毕利的小说《火星年表》中有一段，描述核爆下全人类死光，剩下一个男的整天等电话，结果打来的是个女的，他喜出望外，经过十几天日夜追寻，终于找到了她，发现她是一个不停在吃巧克力的大肥婆。

不过，话说回来，好的女人，似乎是怎么吃也吃不胖的，这

---

① 打冷：潮汕方言，指吃潮汕菜。

是她们天生的优越条件。

在区丁平导演的《群莺乱舞》一片中，背景是四十年代的石塘咀青楼，众人物中我们本来设计了一只大食鸡，平时加应子、话梅、葡萄干吃个不停，到西餐厅去时来一杯大奶昔，她嗖的一声用吸管一口吞光，吃午饭时白饭一大碗一大碗，眉头皱也不皱一下。将姐妹们的晚饭都吃得干净，笑嘻嘻地接客，客人由她闺房走出来，一个个脸黄肌瘦，四肢无力。

结果因篇幅，只是轻描淡写地浪费了这个人物，等下一部同题材的片子把她重现，一定生动滑稽。

喝酒的女人

看粤语残片，常出现女主角被人用酒灌醉，拉到酒店，第二天大叫“我已失身！”的场面。

女人真的蠢得那么交关[1]？那么容易给人骗去？或者，会不会她们酒不醉人人自醉？也许，借醉装疯和行凶吧？不然，“酒醉三分醒”这句老话又何从而来？

你会灌女人喝酒而弄她们上床吗？人家问我。

不不不不。

要用那么低级的手法，太没有自信心了。

而且，女人醉起来，一哭、二闹、三上吊还不算，拼命地向你喷毒气，臭得惊人！喊个不停之后，忽然，咳的一声，跟着把她肚子里的东西吐遍地毡，接着便鼻鼾大作而睡。

望着这么样的一样东西，你想占便宜吗？你上好了，不用留给我。

虽然我不灌女人喝酒，但是要是她们自愿喝几杯的话，当然是无限欢迎，不过通常我会把女人呕吐的怪现象重复一次，预防她们到达那种可怕的地步。

---

① 交关：粤语，指离谱。

女人微醺时候最好看了，双颊粉红，笑盈盈地，偶尔仰头把盖住了脸的长发拨后，可爱到极点。

语到喃喃时，她们松弛地讲一些发生在她们身上的傻事，把一切过去的哀怨都变成了笑话。

有时，她们拼命打呃，叫她们连喝几口白开水就会好的。她们也一点不猜疑，乖乖地听话喝下去，结果果然好了，拍掌称妙。

倪匡、黄霑和我在做《今夜不设防》的节目时，也绝对没有迫女人喝酒的那种败坏的行为。我们自己喝，但不勉强人家喝。电视上我们会问对方要不要来一杯，她们要是点头，我们就把酒瓶放在她们面前，让她们自己倒来喝。通常，我们一个一小时的节目要录上两个半钟头以上。和女宾们的对话，第一个小时是热身运动，多数是剪掉。到她们有点酒意，谈话比较开放的时候才开始用起。

风趣的女子真不少，王祖贤就说她本来是单眼皮，有一天忽然打个喷嚏，变成了双眼皮。

为了让她们更有信心，我们一向对她们说："如果你在录完之后觉得哪些不喜欢的，或者不想告诉太多人的，那么跟我们说剪掉好了。"

在最后说不必剪的居多，只有一个例外，那就是其中有一位说："我说过人家都知道我不是处女那一句，不太好吧。"

我们听了即刻请编导删了。

连这点便宜都不肯占，怎么会把女人灌醉叫她们失身呢?

不过，有时我们自己闲聊，倒是能举出许多女人醉后媚态十足地望着男人的例子。

女人要起来比男人强烈，她们坦白和自然地表现她们的本能。这一点，男人做作和虚伪得多。

其实男人是一种很怕丑的动物。想要，又担心一旦提出来，遭对方拒绝，那不是没有面子吗？要是对方向别人乱唱，那更不得了，以后怎么见人？

当今的男人就算喝酒，也不至于糊涂到不考虑这些问题，更不会做出粤语残片中歹徒做的事。

可爱的喝醉酒女人固然多，但是丑恶的更多，她们一醉，即刻用手揽住你的颈项，说一番似是而非的大道理，还不停地问："是不是那个先？"

有些行为是令人难以忍受的，比方躲在厕所里不出来，害人以为她在割脉，撕人家的衣服，撕自己的衣服，露出扁如茶杯盖的胸；不停地唱《负心的人》，而且唱得非常难听，等等。

不喝酒的女人并不一定比喝醉酒的女人好，因为会喝酒的人生，至少比不会喝酒的人生，要多快活三分之一来。

天下也有不少喝不醉的好女人，她们越喝越猛，生龙活虎，谈笑风生，是天下八大奇观。你错了，她们并非欢场的女郎。

见过一位太太，端庄贤淑，人家灌她喝酒，她永远保持笑容，一大水杯一大水杯的白兰地，嘟的一声吞下，面不改色，十几杯下来，周围男的都倒在地下，只剩下她一个人笑嘻嘻："哎呀，怎么那么没用？"

还有另一个不停喝酒，永远不吃东西的女人，像一只猫，只饮牛奶，活活泼泼，一点毛病也没有，营养来自啤酒和白兰地，到现在还是每天照喝不误。

更有一个喝完了由女强人摇身一变，成为谐星，什么古怪动作都做得出，模仿什么人像什么人，天下的语言没有一种她不会讲。一面娱乐大家一面劝人和她干杯，无穷的话题，不尽的欢笑，可惜最后只剩下她一个表演者，其他人都醉倒。

最后一位是早上喝、中午喝、晚上喝，平均一瓶白兰地喝两天。而且，她绝不麻烦别人，给人家请客，也自带袋装瓶子，主人有酒的话照喝，没酒就自动地拿出来。今年，她已八十四岁，健康得很，不喝酒那天，子女们都替她担心。这是真人真事，她是我的母亲。

Amanda S.的婚礼

在电视节目中，合作过的众多女主持，我对Amanda S.特别好。这都是因为她本人个性纯真，做事力求上进，勇于尝试各类美食，一点也不作状，很不忸忸怩怩。

Amanda是位混血儿，爸爸法国人，姓Strang，妈妈来自台湾，国语和法文当然难不倒她，但一讲起广东话，就不太灵光。起初在节目中我们说得太快，她跟不上，我对制作的要求又很严格，让她对我相当的害怕。

但每次拍摄，她都有所表现，说出对食物的独特观念，粤语也越来越进步，令我刮目相看。过程中她也明白到我对年轻人的爱护，所以每次拍摄，大家的笑声非常之多。

这小妮子定下目标，在三十岁的二〇一一年要完成两件事，一是开甜品店，之前她到法国蓝带学院进修，跟随名家实习，绝非乘直升机降落，而且花的都是自己当模特儿时辛辛苦苦赚回来的钱，从不靠别人协助。

甜品店终于在IFC（香港国际金融中心）开幕，生意滔滔，我们都放下一百个心。另一心愿就是和拍拖八年的意籍男友结婚，日子很好记，定在九月十一日。

Amanda曾经告知很多关于她爸爸的事，是位商人，但具有浪漫的性格，爱上东方，在各地工作，漂泊不定，永远觉得自己是一个小孩子。说过的话也像儿童一样，不一定算数，万一在结婚那天不出现，也大有可能。她要我答应她，到时我要代替她父亲，陪伴着她走下阶梯。

之前，先在香港办了一次注册结婚，小型的派对，只有少数人出席，遇见男方的父母，但看不到Amanda的父亲，又增多了她一份忧虑。

母亲来了，是一位优雅的妇人，活泼得很，非常健谈。我笑说要是给伍迪·艾伦（Woody Allen）见到，一定爱上岳母多于新娘，他曾在一篇小说中谈过这个故事。

婚礼的前一个晚上，在罗马的餐厅举办欢迎贵宾晚餐，Amanda的来自香港的伴娘们依足中国传统玩新郎和他的伴郎，要他们戴上三角裤当帽子，以及看看对方出多少钱才能看到新娘等等，弄得好不热闹，外国男子看了也啧啧称奇，庆幸自己不必遭此老罪。

餐厅由一个老监牢改建，食物相当丰富。吃饭间来了一位身材很高的法国人，上了年纪也没有发胖的迹象，一头白发也不秃落，飘飘逸逸，年轻时一定英俊迷人，这就是Amanda的爸爸了。我见到他就放下一百个心，看到Amanda也一直流露出幸福的微笑。

轮到我发难，我说："在监牢里来个婚礼的前奏，不错呀，至少知道结婚是怎么一回事。"

Amanda的父亲听了大笑，拍着我肩膀："我喜欢你。Amonda告诉过我你很多事。"

她爸爸和妈妈都用法语那么叫她，Amanda变成Amonda，听起来是阿蒙达。

大家又喝酒又吃饭，兴高采烈。静下来时，她爸爸向我说："这女孩子从小有她自己的想法，一有和我不同的见解，就要辩论。我告诉她，知识方面，你可以和我辩论，但在经验方面，你辩论不了。她一直记得，所以她很服你。我也把你当成好朋友，我们是一家了。"

这时Amanda来插嘴，问我们谈些什么？她爸爸指着我，说："爸爸二号。"

Amanda听了摇头，说："不，男友一号。"

妈妈多喝了两杯，虽然酒量很好，但也兴奋，跟我说："Amonda的朋友们都很老成，还是我们年轻人一齐去玩吧。"

我没有问题，她又说："有些人适合谈恋爱，不适合当夫妻。也从没有谁怨了谁，对离婚这件事，也不必强调了。"

翌日，正式婚礼举行，地点在Villa Aurelia，在十七世纪由当年的一个红衣主教建成，后来传给了一位英国将领的美籍太太，最后捐出来当成罗马美国学院的产业，可让私人在当地举办学术研究会和婚礼。

离开市中心有二十分钟的车程，这座巨大的庭院有一座老建筑，是举办婚礼的理想地点。

两百多名贵宾杀到，在古木参天的花园中开始了一场庄严又有甜蜜气氛的礼仪，由一个老得不能再老的神父主持，说话时颤颤抖抖，和憨豆先生一样搞笑。

九月天的下午太阳还是炎热，大会准备的纸扇让女士扇风，我从和尚袋中拿出自己画的扇来，惹得洋女们都好奇地抢来看。

过后在花园喝酒，天空的蓝，比大溪地的海还要蓝。蓝天逐渐转入更深的蓝色。灯光照耀着大树，婚宴开始，新婚夫妇说完话后伴娘伴郎又来开玩笑，食物丰富，一道又一道，亲友们中有开酒庄的，香槟开个不停。

有醉意，大家走进古建筑，大厅中已摆着Amanda亲自设计的五层蛋糕，切后新娘新郎起舞，是支华尔兹，一对金童玉女，羡煞不少单身的。

接着的士哥音乐开始，请来个著名的DJ打碟，大家纷纷起舞，但是跳得最起劲的还是Amanda爸爸，他不管流行的什么舞步，一律以他自己最熟悉的Twist（扭扭舞）来跳，为全场最快乐，也是最年轻的一个人。

台湾女人

从六七十年代起，我不断地往台湾跑，见过、结识的女人不少，谈台湾美女，有点资格。当年，台湾女人真多，香港男人去了，抗拒不了，那边女人抱着孩子来接机的故事不绝，台湾女人，真的那么好吗？

是的，真的。美的，不少。

先由我们公认的说起，林青霞，没人会反对吧？如果你见过林凤娇，你就知道什么叫作皮肤嫩白的女人。她的，简直可以看到肌中的脉络。

除了美，台湾女人的另一特质，就是忍。天下，有几个能忍得当年的成龙呢？

容忍的最高境界，应该是张美瑶吧，她刚出道时的那份气质，逼人而来，数美女，她不能错过。

说冷艳，谁能比得上《侠女》中的徐枫呢？不过也得拜赐胡金铨。她本人个性开朗，是个大笑姑婆。当今成为巨富，出身相当贫穷，只知节省。到餐厅去，武师们以为跟着女主角就有饭吃，哪知看她只叫一个咸蛋当菜。剩下半个，还叫侍者打包，武师们看了，都不必指望她会请客了，这往事她自己常讲。

井莉跟着父亲井淼签约邵氏，为山东济南人。一九四五年出生，当今见她，还是那么好看。当年邵氏旗下来自台湾的不少，何莉莉当然是佼佼者，她的蹿红，很靠她母亲，何妈妈是台湾女人之中最厉害的一位，所有的导演都怕了她，其实只是保护女儿而已。何莉莉本人个性很随和，说话总是笑嘻嘻的。她很有事业心，早就知道经营时装店，身材又够高大，当年国际名牌没有什么人知道，但却给她穿在身上去了。

和莉莉合演《爱奴》一片的贝蒂，有女人最妖艳的一面，她那种美百年罕见，并非个个男人懂得欣赏。你去找回那部旧作的DVD来看，就知道我说些什么了。

说到艳这个字，不能忘记汪萍，有两颗水汪汪的眼睛，最初大家把她定型为小家碧玉型的，只有李翰祥的慧眼，才看得出她那骚得令男人骨头都软掉的销魂样子。夺得女主角奖的片子中，她演潘金莲，最后被武松捅进去的那一刀，本来是应该痛苦的表情，但她竟然满足地笑了。

如果你不知道什么叫女人味的话，看李湘的片子好了，她外表总是那么端端正正，但是举手投足都是一个等着人爱的荡妇，女人味是不可以解释的，只有看她。可重看《月满西楼》《生在台北》等戏。息影后，她开瑜伽班，并当老师，当年若有机会，当去参加。

另一位最有女人味的台湾女子叫夏凡，本名陈荣美，大学毕业。见过她或看过片子的人都会对她念念不忘，可惜会欣赏女人味的男人毕竟不多，在《月满西楼》之后主演过几部，就息影了。

至今还是那么有女人味的是胡茵梦，有一年她当金马奖司仪，站在台上，身材高挑，一头长发，手臂和大腿都好像是玉雕出来般洁白，见过的男人无不神魂颠倒。

姓胡的台湾女星不少，胡慧中有如其名的娴慧，在《欢颜》

中清纯的形象，留到今日。

另一姓胡的胡锦，唇下那颗骚痣最给人错误的形象，她在电影中的性感也是造作出来的，本人非常端庄，私生活亦不放荡。

林珍奇刚到香港时，给观众带来青春的气息，她好动活泼，样子有点像混血儿，非常漂亮，吸引过不少观众，人亦聪明，思想开放，是难得的女子。

在当年保守的台湾社会中，镜头前裸露的女演员不多，肯那么开放倒是陆小芬，演出《上海社会档案》一片，后来虽以艳星身份拍过许多片子，但也从没有大胆镜头，她是一位力求上进的演员，最后终于以演技说服导演和观众。本人长得并不说是美艳，但很有惹人喜欢的个性，也爱说笑。来邵氏拍戏时，好友蔡扬名导演要我照顾她。一天蔡扬名接电话问好，陆小芬说："当然照顾得很好，里里外外地。"别人听到了还以为我和她有一手。

同样不断进步的是杨惠姗，从一性感女星争取到成为金马奖女主角，在《玉卿嫂》中的演技，也是台湾女星中罕见的，她知道演技生涯很短暂，已全心全力地付出一切，在琉璃艺术上取得世界公认的成就，有目共睹。

数台湾美人，还有歌星汤兰花，把黄霑迷死了，反观当今的新一代明星，样子俗不可耐，只知挤胸部，擘大腿，毫无美丽二字可言。

至于大家反感她声音的名模林志玲，我只知她样子长得很好看就是，又不是娶回来当媳妇，讨厌她的小鸟声干什么呢？

还有不知名的绝色佳人无数，其中有一位还是黑美人酒家的酒女，穿着一件黑旗袍，男人不醉而倒，我亲眼见过，是我的福气。

十二岁半的女子

多年前在东京影展，认识了一个女孩子，长得像猫，眼睛大大，头也大，叫羽仁未央（Hani Mio）。

“你多少岁了？”我直接问。

她伸出四根指头，掌心粉红，更像猫的：“四岁。”

“四岁？”

“我生在二月二十九日，四年才有一次生日。”原来她是那么算的。

她不戴胸罩，在当年，算是大胆的。

“我不喜欢一切束缚我的东西。”她说。

的确，她没有被绑过。从小就爱自由。她父亲，日本著名的前卫导演羽仁进，正在非洲拍纪录片，把她带在身旁，让她和野兽一起长大。和动物一样，她心中不知什么叫仇恨，动物没有仇恨，每天笑嘻嘻地过日子。

回到日本后，死都不肯去学校，因为学校有管制，她爸爸也由她，但在日本这个社会，不能有独立的思想。不让子女上学，是一宗大罪，她父亲也只有带她离开，住在意大利撒丁尼亚岛上。

不上学也不代表她不肯学，父亲让她看各类型的书籍，未央很小就会写作，出版过好几本书，不上学风波过后，终于又回到日本，她主持了许多电视节目，言论颇受欢迎。

羽仁进对她的放纵，也许是小时吃过的苦，自己的父亲羽仁五郎，是日本研究共产主义的先驱，羽仁进小时已常受身边人物的欺凌，所以有他独特的方式去保护女儿。

才华横溢的羽仁进娶了当年日本红星左幸子为妻，左幸子拍过很多经典的电影，自己也做过导演。大胆的裸露性爱场面，她亦不在乎，只要剧本好，主演过《日本昆虫记》。

离异后，羽仁进娶了左幸子的妹妹，未央不懂得大人的争吵，当后母为亲娘，很爱她。

未央有一个很大的兴趣，那就是喜欢香港电影，为了香港电影，她只身跑到香港来，学习粤语，自小又精通英文，人与人之间的沟通是没有问题的。

她对音乐也有独特的鉴赏能力，在香港生活的年代中，她致力推崇一支当年籍籍无名的乐队，叫Beyond，利用自己和日本娱乐圈的关系，把乐队介绍过去。当然，她不知道后来会发生的悲剧。

也许是香港这个社会，能够对各种思想言论保持开放的态度，令未央长住下去。后来，她在网上组织了一个社团，是让不肯上学的年轻人聚集，讨论他们对自由的心态，更成一个网上大学。

如果说未央没有缺点，也不是。就是爱喝酒，在她那种极端的个性，一爱上就不能停止，她每天喝，每天醉，曾经醉后躺在街边睡个大觉，像一只浪流猫。

有次在路上遇见，看她瘦得厉害，问道："还是不肯吃东西吗？"

她点点头，对的，另一个缺点是不肯吃东西，如果有人强迫她吃一点，她会歇斯底里地狂吼起来，她父亲羽仁进曾经这么形容她："未央是一只塔斯曼尼亚恶魔，乖时非常可爱，一发狂，张牙舞爪。"

网上大学的基金就快用光，为了请到更廉价的计算机程序员，她跑到马来西亚槟城去住了好几年，爱上槟城的纯朴，不肯离开，后来又得到新加坡的资金，到那里去开计算机信息公司。

计算机公司有位日本工程师，非常孤独。一天忽然向她说："我这一生，只想生一个儿子。"

未央说，我跟你生吧。

儿子生下后，未央也像一般的动物妈妈，让子女独立，不加管束，未央的儿子从小和菲律宾家务助理长大，只会说英语和菲律宾话，后来助理告老还乡，儿子要求跟她去菲律宾住，未央也不考虑一下就答应了。

"他是个怪胎。"未央说，"我最爱怪胎了。我自己就是一个。"

未央最爱看的电影，就是一部在一九三一年拍的黑白片，片名叫*Freaks*（《怪胎》），由Tod Browning导演，片中集了所有的侏儒、象形人、长毛怪人等，都天真无邪，在一个马戏团中各地巡回表演，而最坏的"怪胎"，是戏中的两个正常人。

未央的丈夫客死于新加坡，她的理想也受到种种所谓正常人的打击，经济愈来愈差，钱寄不到菲律宾后，儿子也被抛弃了，返归母亲身边，两人相依为命。

回去日本，她有时也被讨厌又忌妒她的所谓正常人毒打，但她只是把这些事当成笑话来讲。一次因酒醉昏倒，头撞破，流大量的血，在医院住了好几个月，大家以为未央生存不了，但过了一阵子，她又复原，生命力极强，像猫一样，有九条命。

酗酒的关系，出入医院为家常便饭。最后，还是拖了半条命，回到香港住下，以写文章在日本发表为生。

终于，传来坏消息，未央因心脏衰竭去世，和高仓健同一天，享年十二岁半。

谈我喜欢的女演员

“你喜欢的西片女主角都是美人吗？”小影迷问。

“不，不，平凡的也有，像Michelle Williams，她在《断背山》中的光芒完全被Anne Hathaway抢去，观众从来认不出她是谁，后来她拼命地把戏演好，像*Blue Valentine*等片子，你看到她的成长，一部比一部进步。”

“但是她在*My Week With Marilyn*（2011）中，她一点也不像玛丽莲·梦露呀。”

“对，一点也不像，也可以把梦露的神态、小动作和那风情万种完全表现出来，这才叫厉害，这才叫美，美到最近的LV广告也要请她来拍。”

“卖皮包的那个？”

“你认出是她了？”

“真认不到。从前的女演员呢，伊丽莎白·泰勒？”

“那是大明星，我喜欢的都不是那些，反而是什么戏都演的，举个例子，像一位叫伊丽诺·柏克（Eleanor Parker）的。”

“她是不是演过*Sound of Music*（1965）？”

“对，但这部戏不值一提，如果你看经典台，有一部叫*Scaramouche*（1952），中文译成《美人如玉剑如虹》的，就能看到她。”

“这部片子有什么特别？”

“它是武侠片的典范，有复仇、有练功、有决斗，几乎所有功夫片的元素都已经在这部片子拍过，又把伊丽诺·柏克拍得非常吸引人，将年轻貌美的珍纳李也比了下去。”

“漂亮罢了，你还没说出真正喜欢她的原因。”

“在电影工厂制度下，你是一个配角就永远是配角，伊丽诺拼命努力，逐渐冒起，曾三次获得最佳女主角提名，最后在二〇一三年去世，九十一岁。”

“还是谈我们这一代的吧。”

“那你看Lena Headey吗？”

“大陆译成琳娜·海蒂的那个？”

“应该发音为Lee-Na Heedee，叫她为丽娜·希娣吧。你看过她什么戏？”

“当今最红的电视剧《权力的游戏》（*Game Of Thrones*）演女皇的那个。她长得不美嘛。”

“对了，最初看还难于接受，她的门牙有条缝，下齿也不整齐，大概小时给人家笑惯了，养成一个忽然把嘴巴紧紧合起来的习惯。”

“你怎么会喜欢她？”

“《战狼300》是一部讲斯巴达民族的戏，男人个个强悍，国王更加英武，演皇后的如果不是一个值得令国王爱上的女人，怎能说服观众？”

“你现在一说，我记起了，还拍了续集，也是由她演出的对不对？”

“唔，这演员有种别的女演员没有的气质，她一出现，就有坚强、独立和果断。同时，她有时神情也很忧郁，也有脆弱的一面，这才吸引人。”

“你从什么时候开始注意到她？”

“她十七岁时，和Jeremy Irons及Ethan Hawke演的一部叫*Waterland*（1992）时，已露出光芒。接着在一九九三年的文艺片*Remains Of The Day*里，挤在大堆性格演员之中，角色虽小，也留下印象。”

“她还演过什么片子？”

“后来的*The Jungle Book*（1994）已担任女主角，还有一些名不见经传的电影，像*Face*（1997）、*Mrs. Dalloway*（1997）、*Olyegin*（1999）、*Aberdeen*（2000）。到了二〇〇五年，和Matt Damon、Heath Ledger合演*The Brothers Grimm*，《旧金山年报》的影评家Mick Lasalle说她有豪爽和有张吸引力不可抗拒的脸，尤其是她在微笑时，暗示着智慧、诚信和调皮。”

“你这么一说，我还记得她演出过电视剧的《未来战士》（*Terminator*）。”

“对，叫*The Sarah Connor Chronicles*，演那坚强的母亲，一共拍了两季三十一集，还得到电视剧最佳女主角提名两次呢！”

“之前她在电影中演过反派吗？”

“一部重拍机器人警员的3D电影，叫*Dredd*（2012）里，她演大毒枭，角色名叫妈妈。”

“说回《权力的游戏》，她的皇后角色令人难忘，一出场就有裸体戏。”

“何止，在第五季的终局篇中，最多人谈论的是尊史诺的死和女皇被脱光衣服当众游行。”

“那场戏很难拍吧？”

“她在拍《战狼300》时说过：在两百多个工作人员面前裸露，放映时更多人来看，的确是一件难于接受的事，但剧情需要，而且又拍得有品位，又如何呢？不过，拍这场《游戏》第五季时，是用替身，加上当今的特技，是看不出来的。”

“既然已豁出去，为什么不自己来呢？”

“她当时怀孕，已大了肚子。”

美璐近况

苏美璐来电邮，说会来香港，这一下子可兴奋了，向她建议：“不如顺便开个画展？”

“兴趣不大。”她回答：“这次主要是来陪父母。”

画家不喜欢开画展的，大概也只有苏美璐一人。

苏美璐父亲苏庆彬先生为了完成他老师钱穆先生的遗愿，花了五十六年心血把《清史稿全史人名索引》一书整理出版。对于一般人来说只是两本很厚的人名记录，但对历史研究者，是多么珍贵的资料！

是的，尊师重道在那一辈子人是生活方式，当今虽说被遗忘，但苏老先生这次来港，一方面是见证此毕生心血的出版，另一方面是看看他的学生，苏先生在新亚教学数十年，学生们邀请老师，已把那两个星期占满了。最后苏美璐在早上送父母回美国，她乘晚上的飞机回英国，临出发前，我们在机场的美心餐厅静静地聊了一会儿。

“还要坐多少小时飞机才能回到家？”

“这里到伦敦十几个小时，再由伦敦飞爱丁堡，从爱丁堡坐大船到Shetland[①]大岛，再换小船，到另一个小岛，才算回家。”

---

① Shetland：设得兰群岛，在苏格兰东北部。

苏美璐的家，是小岛上一间两百多年的老屋，她说基盘用大石堆成，古木的建材，也能够抵挡住风雨，有一位宠爱她的丈夫和一个可爱的女儿，人生满足矣。

她的丈夫是苏美璐在英国留学时的绘画老师，苏美璐也算尊师重道的。

“小岛上有大街和商店吗？超市呢？”

“什么都没有，如果能说是像超市的，是一间杂货店兼邮政局，和西部片中看到的差不多，从我家去可以骑单车，但我多数是走路，二十几分钟。”

“那等于什么都没有了？”

“也不是，还有很小型的工业，那就是我们的沙丁鱼罐头厂，我一直鼓励他们把海里的藻类拿来卖，对健康很好，我们一直吃，所以全家什么毛病都没有。”

“那么神奇？叫什么？”

“叫海藻黑胶，英文是Fucoidan。”

“我一定要买些来试试。你先生Ron呢？每天在岛上除了作画之外，还做些什么？”

“他拿了你给他的iPad，在网上学打鼓，学得兴起，每天要花上几个小时呢。”

“哈哈，女儿阿明呢？”

“阿明也在网上学音乐，当今有Skype教学，学生们可以在网上选了他们想学的科目，很多老师的背景都放在网上，选中了之后交学费，老师就可以通过摄影机拍下来上网，学生可以单对单地向老师学习，科学发达，真是好事。”

“从你寄来的照片，阿明学的是小提琴吧？”

“是同样的小提琴，但不是violin，而是fiddle。”

这令我一头雾水，问道："到底有什么分别嘛？"

苏美璐解释："Shetland的人认为violin是有钱人的玩意，Fiddle才大众化、平民化，多数在婚礼或开派对时奏来跳舞的。愈奏愈快，快到令跳舞的人要生要死地跌在地上为止，很适合阿明的个性。"

"她对画画没有兴趣吗？"

"也不能说是全无兴趣，只不过不肯认真去学。阿明这个女儿，胸无大志，只想一天过得比一天快乐。"

"这才是大志之中的大志！对了，她今年多大了？"

"阿明是千禧年女儿，十五岁了，我们的小岛上只有小学，明年她便要到Shetland大岛去上中学，也要在那里寄宿，之后才到爱丁堡读大学。"

"舍得吗？"

"没什么舍不舍得的，她现在每个周末也去大岛上半工读。"

这么一说我想起来了，有一次和苏美璐吃饭，她带了一位中国太太一起来，也是香港去的，和丈夫在大岛上开了一家中国餐厅。

"做些什么？"

"捧碗碟呀！下单呀！什么都做，我来香港之前她在学收钱，好彩没有算错账。"

"阿明多聪明，这点小事难不了她，你自己呢？玩什么乐器？"

"除了钢琴外，我还一直弹古筝，但是我最喜欢还是二胡，很想学，试了几次，阿明最怕听了，所以没学成，她上中学我就能开始。"

“你一点也不觉闷的，是不是？”

“没什么好闷的，岛上的生活很充实，我还养了一群鸡，每天拣鸡蛋做早餐。来生要是生成鸡的话，千万别做雄鸡！”

“做公鸡有什么不好，母鸡都要听它的话。”

“你没观察过不知道，公鸡老了就要把地盘交给儿女，不能留下。我想，要是有公鸡俱乐部就好了，岛上居民养的老公鸡都能聚在一起，偶尔闲聊当年的勇事，多好！”

苏美璐总有一套与众不同的见解，时间到了，我送她到闸口，本来还是有点腼觍，握握手道别，最后大家还是忍不住，紧紧地拥抱了一下。

下次，不知要再过多久才能见面了。

生日礼物

苏美璐的女儿阿明就快两岁了，她想不出要送什么礼物。阿明的生日，今年最特别，她出生于二月二十日，阿拉伯数字写起来，构图完美，是：20–02–2002。

我们之间的联络，全靠传真。美璐还不需要碰计算机，电邮暂时避开。她常问我许多问题，我都能一一解答，但这下子可把我难倒。

怎么样的玩具都给我计算过，还是不满意。最后想起美璐寄给我的一张阿明的照片，小小年纪，已拿起母亲的画笔涂鸦，这和丰子恺先生画的儿童相是多么神似。

前几天去看肩痛，诊所就在一家大书店隔邻。时间尚早，走进去逛逛。看到北京的京华出版社新印的一辑《丰子恺漫画全集》，共十卷，用硬套包装，非常精美，由丰先生的子女丰陈宝和丰一吟编辑。

这一套书至今为止，为丰先生作品收集得最齐全的。看完爱不释手，想即刻买下来，碍于当天手臂酸软，书太重，抬不动，作罢。

今天到办公室，写字台上竟然摆了这一套书，不可能的吧？不可能是天赐！再巧也不能，原来是老友徐胜鹤兄回新加坡探母，抽空到书店，看见此套书，又知我一向爱丰子恺先生作品，就老远买来送我。

回复苏美璐的传真上，我写："对一个没有小孩的人，为幼儿想礼物，是件难事。现在决定在二月二十号之前，寄一套丰子恺的漫画全集给阿明，当是你送的好了。阿明也许不会即刻欣赏，但相信在长大的岁月中，会接受它，子恺漫画陪伴我的童年，留下美好的记忆，阿明也一定会得到同样的享受。"

美璐的先生也是位画家，阿明会有爱好艺术的遗传基因；我将再买一套留在家，这一份，就转送给她。作为生日礼物，恰当不过。

埋葬

苏美璐抗拒了计算机多年，终于屈服，最近装了一台。

目的是想把她的作品扫描后传到香港。至今为止，都是我写了文章，传真给她，她看了即刻作插图，最后用DHL寄回来。

如果能够逼真地用计算机传来，这中间缩短和节省了多少时间和金钱?

有这个意图多多少少受了我一点点的影响，她认为我这个老头也学会，她自己不可能不懂，只是思想上抗拒罢了。

效果如何，还没有定论。苏美璐把画传来，一方面也照用快速邮递，看看周刊的美术指导认为合不合格，再下定论。

艺术家们对作品要求甚高，彩色一丝不苟，如果失真，就难过自己那一关，不像我们凡人，得过且过。

起初她电邮了我数信，都没有收到，后来才接通，我也在计算机上回复，对方也没音讯，只有用传统方法传真询问。

多年来，我们一直用传真联络，除了和工作无关的柴油盐，什么都谈。她传真说开了一个档案，我的信件已堆积如山，如果现在用计算机通讯，是否表示一个时代的终结?

我回答说反正写的都不是什么文学作品，用任何方式都是一样。而且，最重要的是传真纸日久之后，便逐渐消失，鼓励她还是用电邮好一点。

终于我们用电邮联络上，她需要些数据作插图参考，我告诉她Google的网址，她发现了这个挖不尽的宝藏后，和她先生两人欢喜若狂，再也不那么憎恨计算机了。

这时，她的传真机忽然终止一切功能，完全不能修理，她问我它是不是死去？怎么办？

“在花园挖一个洞，将它埋了。”我说。虽然没有看到她的表情，我想她在首肯。

给苏美璐的信

美璐：

意大利的假期过得愉快吧。你的千金阿明从小就跟你到处流浪，看惯名胜古迹，长大后眼界一定很高。先生好吗，旅行时还作不作画？

写这封长一点的信给你，目的是向你报告我协办的“虞公特展”。

地点在香港铜锣湾的中央图书馆，一共有五个展厅，我们租了两个，做出五天的展览，租金并不贵，加起来每天平均一万多一点点。

展厅供应展板，方便给艺术家们挂画，灯光也齐全，天花板上一排排的照灯，要多少有多少。工作人员看了艺术家们的作品之后，更加尊敬，处处合作得很好。

这次一共准备展出两百件作品，但是最后决定把一个厅弄得很空，另一个厅则摆满，有个对比，所以才放了一百二十件左右。

空的那个厅，我们从近二十呎的天花板上挂下四幅大字，是曾氏兄弟的哥哥曾力用篆书写的大悲咒。离开墙壁十多呎，用六枝灯打背光，加上黄色的滤光纸，大悲咒的前面摆一座他们的精心作品千手观音，参展者一走进来便会给那股大气派慑住，走近观音像，看看那安详的微笑，再绷得紧紧的表情，也会融化。

本来想请一位专门搞展览陈设的设计家来帮助，后来发现曾氏兄弟与我的沟通极好，一切由我们三人共同设想，也足够应付，故作罢。

在这个经济低迷的今日，有人买艺术品吗？这是一个大问题。作品不卖的话，艺术家怎么生存，又是一个现实的问题。

展览会之前有很多人泼冷水。一些有经验的举办单位告诉我，做了六个月的宣传，开幕那天只来了十二个人。交易都是亲朋戚友的捧场，一个展览能推销七八件，已是骄人成绩云云。

我却对这次的展出充满信心。第一，他们兄弟的作品，是我在内地看到的很少数的“真”“美”和“趣”。有了这三个字，一定有爱好者。

观音像、各种人物陶瓷雕塑之外，另外有一种极吸引人的东西，那就是船木家私。

发现这种材料，也很偶然。曾氏兄弟终于有能力买自己的房子，要用什么家具？正在烦恼，有天在海滩散步，适遇潮退，露出一副如恐龙巨骨的木船残骸。木头造型之美，深深令弟弟曾鹏着迷，他请人把沉船打捞回去，在他们烧的工作室中把木头起钉打磨，然后尽量根据原来的形状做出桌椅和各种休闲家具自用。

船的木头当然选最坚固的来做。考据起来，很多是南洋的坤甸木，密度极高重量十足，一般木头扔进水中都会浮起来，只有这种沉了下去。而把那么重的木头建成船后又能浮于水面，也近奇迹。

木船用久了，总会腐蚀，处处穿洞，修补到不能再修补时，就让整只船沉在海中了，但也要经过三四十年。又在海里浸了数十年后再露出时，当成废物。有人拆一些当柴烧，因木质佳，一烧可烧几天。一切，都将消失。而曾氏兄弟把它拾回，做出一件艺术品来，岂不是又给了木头新的生命？

曾氏兄弟也说过，当今要买什么佳木，都能在市场上找到，但是做多一件家私，斩多一棵树，值得吗？这句话，实在令人沉思。

依沉船木的形态，曾力设计了一张喝茶用的桌子，桌面上镶入一个半边的石磨，在上面沏茶后，洗杯的水依石磨的口流下，又实用又美观，人见人爱。

第一天的展览吸引了一千多人参观，第二天两千多，第三天星期六三千多，第四天星期天，人数数之不清，第五天只开半天，也有千多人前来。

作品卖得七七八八，定做观音像，达摩像雕塑的数目不少。那些船木家私，尤其是那石磨茶桌，更被参观者重复又重复地下了订单。

谁说经济低迷就没人肯花钱？只要是花得值得的，香港人还是出得了手，像那座关公像，庄严威武无比，有一位警方人员看得老半天。

“反正要摆的，为什么不摆一件艺术品？”我问他，“普通庸俗的也要两三千，这一件一万多，看得你心花怒放，算它一天十块钱，也值得了。”

此君点点头，即刻把关公像请了回去。

重复我刚才所说，只有“真、美、趣”，一定有市场，而你的绘画，具备这三个条件。

我想说的是你身为香港画家，也应该回来香港开一个展览会。每幅画不要标价太高，让每一位欣赏你作品的人都捧一张回去。细节我们可以再研究。

香港你也好久没回来，阿明出生之后也从没看过香港，是时候了。如何，请作复。末了，向你先生问好。

祝

旅途愉快

蔡澜顿首

苏美璐画展

自从写《一乐也》，不知不觉，也有十几年了。所有的插图，都是苏美璐一手绘出，除了今期这一幅，风格不同，是她的夫婿乐山夫的作品。

为了今天（二〇〇四年十二月十六日）在香港中央图书馆举行的《苏美璐暨乐山夫画展》，他们一家三口花了三天工夫才从苏格兰的一个小岛抵达澳门，母女已疲倦不堪。乐山夫不睡，动了笔，为她们作出这张关系亲密的画像，非常难得。我看了很喜欢，坚持要乐山夫拿出来当插图。艺术家脾气，他无所谓，大家有眼福了。

苏美璐在电邮上说将在十二月九日到达，我回复要去接飞机，结果她静悄悄地自己来到澳门她父母的家，我即刻赶去看他们。《壹周刊》的执行编辑李美媚要做一篇访问，和摄影师罗锦波也一齐去了，与苏美璐谈得很投契，我不去打扰她们，在一旁和乐山夫聊天。

“小女儿阿明呢？”我问。

“她和两个亲戚的孩子玩，不带她来了。”

“今年几岁？”

“四岁半了。”乐山夫说，“明年我要送她到一间正式的学校，乘现在这段日子，让她好好地来东方住久一点，如果能学到几句中国话，也是好事。”

“什么叫正式的学校，她现在读的那一家呢？”

“只有十二个学生。”

“岛上一共住了多少人？”

“一千人，但有两万只羊。”

“那也不算小的了。”我问，“都是些什么人？”

“渔民、牧民。鱼和羊肉，吃不完，我们吃鱼不必买，岛上的居民都是朋友和亲戚，免费送到，新鲜蔬菜倒是难得，要到对面的另一个大岛才有得供应。”

“离开多远？你们常去那个大岛吗？”

“像从澳门到香港那么远吧，起初常去，后来就少了，但是为了蔬菜还是两个礼拜去一次的，你知道蔬菜对香港人是那么重要的嘛。”

“小岛上连商店都没有吗？”

“一间。像西部片中的杂货店，什么都卖。”

“酒吧呢？”

“一间。客人是相熟的。”

“医生呢？”

“一个。他是我的同学，也是我的好朋友，出生在当地，问我要不要去那个小岛住？我想也没想就答应了。岛上的人，身体都被他看过，在他面前抬不起头。酒吧里有个泼妇要找他麻烦，他说你也是我接生的，结果乖乖地不敢出声。”

“有没有按照英国法律开到几点？给不给抽烟？”

“店主喜欢什么就什么。放假时，客人都焦急地等。”

“有没有造酒厂？”

“那倒没有，不过对面的那个大岛的啤酒酿得天下第一。酒厂才开了四五年，就有那么辉煌的成绩，我正在感叹时，他们说酿私酒，已经酿了好几代人。”

“到星期天，大家是不是都上教堂？也只有一间？”

“不，天主教、基督教、新教，大家都有自己的小教堂。有的十几个教徒，有的百多人，大家都相安无事，不像爱尔兰那么复杂。苏美璐礼拜天没事做，就到教堂为教友们弹风琴。”

“冬天会不会很冷？”

“Shetland是苏格兰最北部的小岛，冬天当然冷，阳光也只有从早上的九点到下午的两三点，但是夏天就长了，太阳几乎都不下山，从我们的家望去，看到日落，又在海面升起来。”

“那冬天不是能看到北极光？”

“每晚都出现。刚去的时候觉得很新奇，后来头也不抬，望也不望了。”

“阿明能够在那种大自然的环境长大，每天画画，真幸福。”

乐山夫点点头：“整个岛的人都喜欢她，我们还没动身，他们已经舍不得她离开。”

访问做完，我让同事们先走，留下来和苏美璐谈谈画展作品的售价，她问我有没有什么建议。

“这样吧，”我说，“小幅的卖一千到千五，连装裱的镜框。大幅的三千到五千。你们最喜爱的卖一到两万，你觉得如何？会不会太便宜？画展的经费有致生公司和画具的Winsor& Newton赞助，我们这些工作人员都是义务的。”

“照你的意思好了。”苏美璐说，“在画廊开画展也要被抽一半，价钱提得太高反而没人买，也是枉然，这个价钱很适中。”

看他们被折腾了半天，我即刻告退，苏美璐送到楼梯口，问我说：“你做那么多事，为的是什么？”

我没作声，心中回答：“只是送给阿明的一个小小见面礼。”

笑儿

阿明很乖，脸上一直挂着笑容。

记得她刚出生时，苏美璐曾经来信形容这个孩子，从来不哭。当年我正在写一系列的鬼故事，参考《聊斋》重新创作，读到其中一个人物，就向苏美璐建议：“中文名阿明，字笑儿。”

父亲Ron Sandford，起初我不知中文名字写法，就按了一个“朗沙福”，反正清宫中有一个意大利画家名叫朗世宁嘛。虽然Ron Sandford是苏格兰人，对我们来讲，鬼佬都是来自同一个地方。苏美璐来信更正，说中文名应该叫为“乐山夫”，这画家黄永光先生为他取的。好，即刻重写过画展海报上的字。

中国人的姓名中间那个字，是用来表示辈分，从前我的名字之中有个字，发音与长辈相似，也要被改掉。现在这一家人，父女中间共享一个“山”，变成了同辈，犯了大忌。鬼佬嘛，也无所谓了。

这几天，笑儿手上有件行李，那就是送朱古力给她时的那个纸袋，内容已吃完，装进去的是一只布熊。小孩子，总有一两样不离身的东西，像莱纳斯的那条棉被一样。

这个纸袋一被拿走了，阿明就会大发脾气。我一看，马上带她去买冰淇淋，雪糕一到手，笑儿不哭了。

她父亲说："冰淇淋，是小孩子的货币。"我对钱没什么观念，不知道这句话的意思。

笑儿在香港玩得高兴，忽然脸色又不对，向父母说："我要回去。"

"请司机送她回酒店吧。"我说。

她父母说："阿明要回的是Shetland小岛。"

那可得花三天时间，又带她去买雪糕。苏美璐说："冰淇淋，是小孩子的酒精。"这次我完全听懂了。

广东话

苏美璐在澳门“龙华茶楼”的画展将要结束，我得去安排善后工作。她们一家将于月底回苏格兰的小岛，要见一次面，送些礼物。小女儿阿明的生日很好记，在二〇〇二年二月二十日诞生，写成阿拉伯数字是20-2-02，她的祖母为她买一个蛋糕，当然是她最喜欢的冰淇淋做的。

这次父母来港澳，除了开画展之外，另一个目的是想阿明学一点广东话。

“会讲哪几句？”我问。

“靓女。”阿明说。

她母亲解释：“人家一看到阿明，第一句就是靓女。她问我是什么意思，我只讲是美丽，从此她看到漂亮的东西，就叫靓女。”

“要不要再来香港和澳门？”我问。

阿明摇摇头。

“太多人了，太吵了。”她父亲代她说。

这我也能理解，对一个生活在无人小岛，无拘无束的孩子来说，这两个城市，是个大笼。

“农历新年几天，干些什么？有没有放鞭炮？”我问。

“阿明不喜欢那些声音。”她父亲说，“不过我们带她到海边，她可乐了，在沙滩上奔跑的时候，阿明大感惊奇。”

“惊奇些什么？”我追问。

“海水是暖的！苏格兰小岛的海水，就算夏天，也是冰冷的。”美璐说。

“你呢？”我问，“二胡学得怎样？”

苏美璐在港澳的这两三个月，绘画之外，买了一把二胡学基本功，她有拉大提琴的底子，精通乐理，一学就会。

“现在还可以，起初杀鸡一样。”

苏美璐笑了：“阿明的第二句广东话，是妈妈别再拉好不好？”

祝福

从小，我有一个愿望，那就是替人画像。这比拍照片有意思得多，一张白纸，一管笔，创作出令人微笑的作品，多好！尤其在旅行时，结交朋友，无往不利。

苏美璐要回去了。临行，她先生乐山夫说为了表示一点心意，想替我画一幅人像，只要花我三十分钟的时间。

乐山夫的画风是工笔，半小时怎够？他要多几个钟或一两天，我也答应。因为他的作品一眼平平无奇，其实非常耐看，如果有一张我的画像，就发达了。

今天他们一家来我的办公室，已是中午十二点了。天下着微雨，见他们三个人都有点饿了，先去楼下的餐厅吃饭。

叫个叉烧包给阿明吃，这种带甜的食物小孩子一定喜欢。但是这些日子来阿明常与公公婆婆饮茶，已吃厌了吧？

“来点面就行。”苏美璐说，“阿明喜欢吃面，百食不厌。”

哈，这一点倒像足我。即刻要了各种不同的面食和米粉。味道嫌太寡，我吩咐侍者煎一块马友咸鱼，相信苏美璐在苏格兰的岛上也少吃这种东西。

咸鱼上桌，苏美璐大乐，吃了好几块，但阿明却用两根手指挟着鼻子。我看了即刻把咸鱼拿开，免她作闷。

饭后，冒着雨，带阿明去买冰淇淋。就近走进一家便利店，里面有个雪糕柜，但阿明看了老半天，摇摇头。

再走远，找到雪糕专门店，阿明看有种七彩缤纷的，才点头。

都市生活实在能腐蚀一个天真儿童的心灵，阿明刚来的时候，因为小岛上没有每天接触雪糕的机会，见到什么吃什么。住久了，吃多了，开始挑选。

阿明怀念小岛，想尽快回去，我为她祝福。

告别

“还想去什么地方？”我问。

明天苏美璐一家就要回苏格兰小岛了。她说：“到美食坊走走。”

美食坊外有她的一幅画，放得很大。她说过想去看看，我倒忘记了。

晚餐就决定到那儿去，把她想吃的东西都叫来，从“钟记”剪了牛杂、猪红和萝卜，由“正斗”来碗粥，再吃“咏黎园”著名的担担面。只有我，才有享受从不同餐厅叫东西的特权。

把助手徐燕华和秘书Fiona都请来，她们两人加上“致生文具”的经理阿May和“虞公窑”的阿King，是香港画展时的娘子军，从陈设到收银、送货一手搞掂。

那四天下来，苏美璐的小女儿阿明和她们混得熟，阿明重感情，分手时抓着门框，死都不肯回家，要她妈妈把她的小手指一根根拨开，才能抱走。重逢Fiona，阿明弄她的耳环，摸她的曲发，玩得很开心。她母亲说：“这些日子来，没听她那么大声笑过。”

住在澳门那段时间，双亲之外只有外公外婆陪伴，言语不通，交流很少。阿明又对东方食物不是很吃得惯，人显消瘦许多。

“明天就要回去了，多吃一点吧。”我从西餐店“珊瑚堡”

买了两杯大雪糕给她。可能是她想到要走，有点忧郁，最喜爱的东西，也只吃了半杯。

当今认为吃不惯的，过后一想也许会怀念，苏美璐说这次学会做几种中菜，回去后烧给阿明吃，小岛上只有一间学校，食堂中餐具齐备，也许可以在那里开个小食档，叫我写些食谱给她。岛上不愁的是鱼和贝壳类，我将示范酒煮青口、酥炸沙丁鱼等，拍成录像带寄去。这比文字更有用，岛上家庭主妇学起来也容易。送上车，苏美璐双手按着阿明的头，不准她回望。听到阿明轻轻的哭声，大家告别。

童年往事

苏美璐回到小岛，打了一封电邮过来。

这次他们一家三口，从香港乘直航机抵达阿姆斯特丹，在机场等了好几小时，再转机到苏格兰的阿巴甸。那里有汽车渡轮去他们居住的Shetland，但只是一天一次。赶不上了，得在阿巴甸的旅馆住一晚上，翌日再乘十二个小时的船回家。一共花了三天，苏美璐说还算顺利，不是十分辛苦。

信中多谢我们为她和先生在港澳开的两个画展，要我问候阿May、Nicole、Fiona和King等人，并向龙华茶楼的何老板及友人致意。说这次出门对她们一家，是一个珍贵的旅程，难得的经验。

我已经不耐烦，为什么还没提到阿明？这里的朋友和同事都知道。她太可爱了，走后大家都想念她。

小岛上的天气是十分寒冷的，有时还看到北极光，苏美璐的先生乐山夫说过，岛上没什么树木，为了造船和建屋，都伐光了，这也是不可避免的事。

至于吃的方面，没得卖，需到另一个更大的岛上才有市场。渔民出海，抓到什么就大家分来吃，倒是免费的。

苏美璐在那边的生活，最怀念的是茶餐厅和咖啡室。岛上只有一家酒吧而已，来来去去都是同样那几个酒鬼客人，非常枯燥。

但是，阿明可乐了。回去的前一晚刚好下了一场大雪。天一亮，阿明就拖着雪筏去溜冰，连外套都不穿，半裸也不觉得冷。

可以想象到阿明的喜悦，前一段东方的日子，她感到格格不入，落寞寡欢，令人生怜。

友人都担心，阿明长大了会是怎么一个人？父母安排送她到大岛阿巴甸去读书，也得融入学校的团体生活吧？不过，等到亭亭玉立，也不会忘记童年在小岛上自由奔放的日子。我想。

儿童书

每年，到了年底，苏美璐会寄来一张画，把我扮成圣诞老人，我便将之印成卡片，向各位老友请安。

我们多数是久不联络，但互相思念，乘这个佳节问候一下，总比完全没有音讯好。

今年还等不到，已错过印刷及寄出的时间。苏美璐传真问我，我一直不好意思问她，虽然来不及了，我回信告诉她可以明年再用，请她不必赶，画好随时寄来好了。

苏美璐想的是我穿圣诞老人红袍，骑马，扮成堂吉诃德出现，我很喜欢这个主意。但是当今的我是那么胖，堂吉诃德应该又高又瘦才像样呀！

他老人家一生追求的是美丽的梦，我并无理想，不能相比，太惭愧了。

如果说有点东西追寻，那么只是一些美食吧，我希望苏美璐画的蔡澜版堂吉诃德找的是一碟红烧肉。

有位读者来信，说看我的文章，画比内容好，苏美璐的插图更为精彩。我听了没有被浇一头冷水的感觉，反而很同意他的说法。

其实《壹周刊》付的稿酬并不多，苏美璐为我作插图，完全基于我们之间的友谊，她靠养家的是儿童图册。前后已经出了十几本，包括*The 20th Century Children's Poetry Treasury*、*The Beauty of the Beast*、*Tasty Baby Belly Buttons*、*It's Simple*， *Said Simon*和*The Ugly Duckling*等等。

《纽约时报》书评说："苏美璐的迷人、虚幻和随意的水彩即刻将读者吸引……简简单单的笔触中，她将骏马和海马的神髓都紧紧抓住。但她的画中主体是抽象的，简直是活生生的书法。"

她的儿童书，可上网向Amazon订。

苏美璐新书

有很多人不知道，为我插图的苏美璐，画过很多英文的儿童书，在国际出版界的地位甚高，其中一册，更得《纽约书评》选为二〇〇八年十大绘本之一。大家上网，打了Meilo So这个名字，就能看到。

让外国公司出版，限制诸多。长年来，苏美璐有一个愿望，就是自己出版自己的书，但这个计划牵涉到大量的金钱，我不希望看到她投资的风险，劝她先请“天地图书”出版一册中文的，看清市场。

以为儿童书的内容不会太过复杂，故事亦不能太长。当时我不知好歹，自动请缨，要为她由英文翻译成中文，书名叫《整天发脾气的老水手》。

内容由Janice Armstrong撰写，苏美璐先将草稿寄下，给我一个概念，等翻译完成，再仔细画线条和上色。

她的插图实在精彩，但内容虽简单，却是用了很多苏格兰小岛上的词语，因为讲的是一群生活在Shetland岛上的儿童。

结构是天马行空和自由自在的，情节也带着抽象，儿童是不愿意听老生常谈，说教式的故事。

原文像长篇的散文诗，我翻译得暗暗叫苦，一方面要了解一些土语，在押韵上也花费不少工夫。

后来，我发现我用的白话诗方式与原文有一段距离，放弃了以为已经完成的第一稿，从头做起，不再在押韵上着墨，才有天真无邪的味道。我把第二稿寄给苏美璐看，她觉得可以接受，终于出版。

儿童书图文并茂，在外国销路很广，但在东方少见此种书籍，也许是我们的儿童，一生下来就成了大人。我觉得对真正的儿童不公平，为什么只有他们没有快乐的书读呢？

喜欢看我的书的年轻人，都已成家立业，各自有了下一代吧，买一本，睡觉之前让他们看图画，朗诵内容给他们听，是一种福气。

我自己有机会翻译了这本书，重获赤子之心，也是另一种福气。

鬼婆牛杂

离开东京，返港之前早上必到筑地鱼市场走一趟，对金枪鱼的拍卖我没兴趣，最爱吃场外小摊子的早餐。

“井上”的拉面最为精彩，一片片的叉烧毫不吝啬，铺完又铺，好像不要钱似的，汤底又熬得鲜甜，面条又细又弹牙，非吃不可！

但我早上的食量很大，一碗面是不够的，得先来一碗饭垫底，吃完再吃面，相反就吃不了那么多。

而白饭最好吃的，是走前几步，有一家人卖牛杂，档口摆了一个巨大的铁锅，里面的牛肠牛肚煮得沸腾腾，香喷喷。

可是那是最难吃的，说难吃，不是味道不佳，而是那个卖牛杂的老太婆，是一个世界上最没有礼貌的女人，看着她那副苦口苦脸，老不愿意卖给你的样子，本来应该吃不下的，但那锅牛杂实在诱人，硬着头皮也得光顾。

没有汉字招牌，只挂了一块布，日人叫为“暖帘”的，写着“KITSUNE YA”，狐狸屋的意思，不会看日本假名也不要紧，反正那锅牛杂会指路。

档口只能坐四个人，外面有一张长桌，让客人站着进食。那么小的地方，有三个人做生意，才能对付排着队来吃的顾客，可见生意多好。

二十年前我已被吸引，当年那个老太婆五十多岁，儿子三十。娶了个媳妇二十几，人长得真漂亮，皮肤洁白，明眸皓齿，只是命运没有安排她当电影明星。

她怎么勤力工作，家婆也看不顺眼，不是怨三怨四那么简单，总是破口大骂。儿子听在耳中，不敢作声，继续为客人添饭，我望着媳妇，寄予无限同情。

十年一下子过去，那档牛杂我吃过无数次，没有一回不听到婆婆骂媳妇的。中间，再也不见那儿子，会不会忍不下去找别的职业？我胡思乱想。

老太婆骂得更凶，不单指责媳妇，连客人也呼呼喝喝："只是牛杂不卖！要吃就要跟饭！"

或者，她指着贴在壁上的那块只有十一项目的小餐牌："卖的东西就是那么多，问三问四干什么！"

遇到洋人，和衣着不像日本人的异乡客，她总是以手背向外飞，大叫："走！走！走！"

老太婆从来不知道什么是熟客，不望人家一眼。媳妇见到我来了多次，认得了，但碍着婆婆在，不敢打招呼，也不敢以眼光接触。

这时她已步入中年，身材熟透，皮肤白里透红，只有那阵女人味，才能把牛杂比得下去。我一直想和她交谈几句，问问她先生去了哪里，但婆婆老是站在她身边，我吃过饭，扔下钱就走。

好歹遇到一次，家婆不在，我还没有开口搭讪，她已主动地向我说："婆婆不是不做外国人生意，只是言语不通，怕得罪人而已。"

得罪外国人？她那连日本人也得罪！见我不作声，她向我再三地道歉。

总得找个机会回敬，终于实现，那次我坐在档口，老太婆拿牛杂给我，一不小心，碟子摔落锅中，牛杂汁飞起，溅到我的袖子。

这回轮到我破口大骂了，我在脑中把日文转了又转，找不出字眼来骂人。日本人又没有粗口，马鹿野郎也不适合用在这家伙身上，忽然，我冲口而出：“鬼婆！ONI BABA！”

日本人的鬼不是鬼。鬼在他们字眼中叫幽灵，而那个鬼字，是形容上身赤裸，腰缠兽皮，青脸獠牙的大汉，不恐怖。但从前有一部电影叫《鬼婆》，是讲一个样子长得又黑又丑的老女人，在我心目中，她就是那么又黑又丑！

咭的一声，我看到最美丽的形象，发自媳妇，她听到我骂鬼婆，忍不住地笑了出来，那是我第一次看到她的笑容，听到她衷心的笑声。

笑声渐渐增强，原来是发自其他客人。

日本人有个天性，做错了事就是做错了事，不敢吭声，鬼婆不向我发作，转过头大骂媳妇，媳妇也不搭嘴，任由她谩骂。

像粤语残片，日历一张张顺水飘去。再过了十年，今天我又去光顾。那媳妇已四十几了，工作的操劳，令她脸上很快地多添皱纹，身体也开始发胖，失去了当年的神采，但也略施脂粉，样子还是好看。

我大咧咧地在档口前坐下，鬼婆没有认得我这个仇人，我向她要了牛杂白饭和泡菜及啤酒，看着媳妇那副委屈相，我准备一受鬼婆挑战，就向她再次开火。

好像感到那阵杀气，鬼婆今天默默地为我添饭，听不到她的骂声，又寂寞了起来。

这老家伙什么时候才死呢？我很少诅咒别人，但实在为那媳妇不值。大好的青春，就那么在这个小档口埋葬了，家婆的冷言冷语，大概已成了耳边风了吧？至此，不禁幻想她把我带回家，我们两人拿出利刀，把鬼婆斩成一块块，扔入锅中，牛杂从此更香，媳妇开连锁店，赚个满钵，也可写成一篇鬼故事。

回到现实我祝福她能等到那么一天，鬼婆不在身边，那时她快快活活地一个人卖牛杂，一定会整天笑个不停，永远不会成为第二个鬼婆。

昔日韩女

（上）

最近喜欢韩国电影，看得兴起，什么垃圾DVD片都租来看一轮。优秀者很少，《我的野蛮女友》《杀手公司》等，其他没有几部。

也庆幸韩国电影有出人头地的一日。从前，都是西片和香港、台湾片的天下。荷李活电影有输入的限制，更造就香港片的流行。韩国电影被欺压了数十年，当今来报仇，也是应该。

起初的香港片子都是些动作的，间中爱情片也大卖特卖，像邵氏的《珊珊》，就打破了卖座纪录。韩国乡下人，还是爱婆婆妈妈的故事。

我第一次去韩国，与电影无关，那是做学生时的暑假旅行，从东京飞去，抵达的金浦机场，还是简陋的木造的建筑。

印象实在太好，接我也从九州岛的小仓乘船渡海，抵达釜山，从釜山坐火车，一个站停一两天，一直玩到汉城[1]，再飞回东京。

---

① 汉城：首尔旧称。

四十年前的汉城，是一个极贫穷的都市。比起东京，路上行人的衣着还是破烂的。街头巷尾有修理雨伞骨的。尼龙丝袜，穿了洞还一针一线缝补。很多小贩在叫卖。印象深的是一个穿传统韩式服装的老人，把晒干的黄鱼用麻绳穿，绑在身上，你看中了他就拔一尾卖给你，是个活动的摊子。

洋烟禁止入口，政府派出专员，一嗅到不是韩产的烟叶味道，即刻抓人，我们称之为香烟狗。

从汉城的山丘可以看到都光秃秃，树木很少，所以政府不许人民用即用即弃的木筷子。冲进餐厅，要是找到一对，就罚停业一天。如果看到餐厅供应白米饭，也要罚的。当年产量不够，一定要搀小米和粟类杂粮，才可炊饭。黄黄赤赤，难于咽口。

华侨做的生意大部分都是开馆子，炸酱面韩国人最爱吃，认为中华料理是所有餐厅最便宜的，放心光顾。面是现叫现拉的，一下单，即刻听到厨房传出砰砰碰碰的打面团声音。上桌一看，没有什么肉碎，尽是黑色的酱，有些黄瓜丝已是上品。华侨山东人居多，做的面很地道，当今去山东也吃不到这种正宗的炸酱面，但韩国的中国馆中还卖，下次你去试试看，真是好吃。

朝鲜战争结束不久。动乱之后，勇士们到哪里去了？出来挣钱养家的，永远是生命力最坚强的女人。

在明洞区的半岛酒店Bando Hotel前面，到了晚上，有三百到五百个女人集，美的不少，像个夜市场，蔚为奇观。半岛酒店经过一次大火，已拆除，目前的Lotte Hotel就是它的旧址，附近的仁川，有个山头布满弯弯曲曲的小巷，里面每一间房都是独立的妓寨，加起有千多户之多。亲眼看过，此言不虚。

到韩国游览的外国人当然不必光顾这群花街女郎，真是名副其实俯拾皆是，因为当年韩国还有戒严制度，到了半夜十二点，街上如果有行人，宪兵可以随时枪毙，实在恐怖得很。女人出来玩，一到十一点多找不到交通工具，就得徘徊在观光酒店大堂，看到男人就要求让她们在旅馆中住上一宵，代价是什么，大家心知肚明。

汉城去得多，变成识途老马，再想玩下去的话，有一个叫“蓝天堂”的夜总会开到清晨三四点。你只要租一辆宪兵用的吉普车就能接送，夜总会中有乐队伴奏，跳乐与怒，真人乐队终会疲倦，慢歌就出现，是拥抱的时间了。

大概是生活习惯和饮食的营养吧，住东京的时候，看到的女人，腰长腿短，丑的居多。到了韩国，完全不同。韩国女人，至今还是全亚洲最漂亮的，许多日本女星都是韩籍，用日本名字罢了。

怎么判断一个国家女人美不美呢？很容易，上街，到酒店百货公司走走，一个小时之内数一数，在汉城能遇到四五个美女，台湾两三个，香港一个左右吧，不过香港女人很会穿衣服，错觉上还是过得去。至于日本，逛上三小时，也看不到一个。当然，现在不跪榻榻米，又喝很多牛奶吃很多面包，日本女人身材好的，比以前多得多。

印象中的韩国总是女人多，这也是事实。出生率是男的少，又加上当兵死去的，当年的比例是六个女人，对四个男子吧。

女人一多，男人就作威作福了，街上男人对女子拳脚交加的例子屡见不鲜。这种情形之下，香港去的男子，可真是值钱了。

在韩国女子的眼光中，香港人比当地华侨优秀，当然没有韩国男人那么粗鲁。当年盛传韩国女人晚上会替你洗袜子，挂了起来第二天干了为你穿上。这个经验我没有遇到过，但是半夜起身，看她们得意地看你，倒是真事。有时，感觉到有人抚摸你的面颊，张开眼见她们微笑。这大概是中国北方的男子邂逅苏州姑娘的反面吧，彬彬有礼和皙白的皮肤，是难于抗拒的。

在那个天真的年代，韩国女人敢作敢为，对男人的性要求开放得较其他东南亚国家早，唯一的尴尬是她们一喜欢上你，即刻像洋人叫达令那么Yabo、Yabo地在进行中大声喊出来。当年的建筑物墙很薄，酒店之内，通宵达旦地传出爱的呻吟。

（中）

之后，私人旅行和公司业务，我去了韩国的次数，当今算了一算，至少上百回。

最初当学生，储蓄了些打散工的钱，就往韩国跑。有一次去到一个乡下，外面下雪，旅馆的女服务生面颊如苹果一般粉红，很体贴地为我安排在房间内吃韩国菜，递毛巾、倾酒。我手头阔绰，打赏了两千元，她还即刻要脱衣服，把我吓得一跳。

从火车厢望出，山上的松树和古庙，有如中国水墨画，韩国经济起飞的今天，女人也许变成了野蛮女友，但是风景依然，令人向往。

当年我在邵氏做事，电影剧本一写到雪景，第一个想到的地方是日本。制作成本较低的戏，就去韩国。又因为韩国的制作公司负责人多数会说日语，谈判起来方便，凡是去韩国外景的电影都由我负责。

和邵氏相等地位的申氏公司，拥有一个巨大的摄影厂，在一个叫赡养的地方，也开设像南国剧团一样的演员训练班，常去那里选新人来拍戏，美女无数。

在电影的黄金年代中，日本有东宝、东映、大映、松竹和日活五大公司。韩国的申氏，加上香港的邵氏组织了亚洲影展，是每年一度的盛事。

我还年轻，没人认识我。第一次参加影展是以影评家身份，代表新加坡去评审，其实是卧底，给的分数当然是香港电影。

影展中认识了申相玉，因为他也是留日，与我一见如故，无所不谈，后来才知道他就是申氏公司的大老板，二十几岁就当导演，拍过无数得奖戏，被誉为影坛金童子，又与最红的女演员崔银姬结婚，为韩国电影最重要的人物。他们夫妇曾被某国政要绑票，此为后话。

申相玉一来东京或香港，必由我当翻译处理电影上的业务，谈完了往中国餐厅大吃大喝，成为最好的朋友，我一到汉城，他必派车子接送。晚上，我们去伎生屋。

所谓的伎生屋，就像日本的艺伎馆，他和一班手下身旁都有个如花似玉的女人，我坐主客位，但是陪我那个相貌平凡。

韩国美女的面容，代表性的也和现在当红的那三个一样：楚楚可怜的孙艺珍，带点邪气的宋慧乔和野猫型的全智贤。我那个鹅蛋脸，典型的韩国古典味，也许他们看来顺眼，我就觉得其他那三种型比较好。

当年美女多得很，从香港去的武师一人一个，都长得漂亮。有的还娶回来，像洪金宝的前妻，也是大美人一个，但偏偏身边的这个伎生不怎样。

“我们来伎生屋，无醉不归。”申相玉说，“如果今晚你不喝醉，我就翻桌子不付账。”

身边那个伎生开始向我敬酒，先用小杯喝日本清酒，换中杯，来大杯，后来干脆把人参鸡汤的大碗拿来装酒。我年轻气盛，干就干，没把我喝倒。

大家都是一肚子酒的时候，那伎生突然站起，腰绑大鼓，双掌拍之，舞将起来，转身又转身，愈来愈快，侍者抬出一排十二个的大鼓，像一座墙，那伎生打完腰间的鼓，又仰身弯腰打后面的，十二个鼓轮流击之，身轻如燕。在最剧烈的舞步中，她忽然终止，躺在我怀里，胸部一起一伏喘气。

韩国女人传统服的特色在裙子大，上身衣服小，把胸部绑得又紧又平，绝对不给你看到身材。此时由她身上传来的，是一股本能的动物求爱味道，不可抗拒。

还没来伎生屋之前，已经有人告诉过我，伎生是陪酒不过夜的，我知道没有希望，当然不摆出急猴相，只是慢慢地一击一击拍出掌声，其他人也跟热烈拍手。

装成大醉，申相玉高兴地派车子送我回酒店。

刚要入眠，门铃响了，从窥镜一看，是个长发少女。

进房，她微笑，说了一口流利的英语："我是韩国最好的舞蹈员，常派去外国表演，学了几句英文。"

"这不合伎生的规矩呢？"我知道她知道我说些什么。

"伎生不可以陪客人睡觉。"她说，"我不是伎生，今晚申先生吩咐我来客串的，但也要我自己喜欢。"

再下去的事也不必细诉了。她成了我的女友，常带我到街边吃那种手榴弹式的海鞘HOYA刺生。有时，她也把我带回家去，和中国人一样，丈母娘看女婿，愈看愈可爱，她妈妈把家里的菜全部搬出来，堆满了餐桌，三天三夜都吃不完。

烤肉上了，有个龟背的铜鼎，我挟了一片肉在上面烤。Annyaz（不是）！她说完把整碟的牛肉倒在鼎上，吃得豪迈。

我发现韩国女人不像日本的那么跪，她们总喜欢翘起一条腿，另一条平放坐，是观音像中常有的姿态。

而且韩国女人吃东西，用筷子时是挟给男人的，自己吃时单用一枝汤匙，从龟背鼎的汤沟中舀出肉汁，淋在白饭上，狼吞虎咽。

（下）

和那伎生交往了一段日子，偶尔她会带我到韩江去，岸边停泊几条小艇，我们租了，船夫便撑到江中，点了蜡烛，用一个纸杯穿个洞当灯罩套上。

这时申相玉拍的《红色围巾》卖座大破纪录，主题曲韩国人人会唱，片子也卖给了松竹，成为战后第一部在日本上映的韩国电影。

他来日本的次数渐多，我当年派在日本，又和他在东京大吃大喝，谈他以后进军荷李活的梦想。

和香港片合作的机会也多了，拍了《妲己》等电影，《观世音》一片，女主角在香港的版本由李丽华主演，韩国版是崔银姬。

后来邵氏也来韩国招请导演，像拍动作片《天下第一拳》的郑昌和等人，文艺片导演则请了当红的金洙容拍何璃璃的《雨中花》。我去韩国的机会大把，和那伎生打得火热，她穿起洋装愈来愈好看，身材腰短腿长，言语又通。但到了论起婚嫁，又不是一个为事业着想的年轻人肯做的事，拖拖拉拉之下分了手。

我孤独到济州岛旅行，当年还是个偏僻的渔村，海边有许多小艇，穿白色薄衣的年轻海女们招徕声不绝，登上一艘，划到海中，两个海女轮流潜进海挖出一头大的鲍鱼，用铁棒把肉打烂后又在火上烤，淋上酱油，香味扑鼻，再倒韩国土炮马加利给你喝，大醉之后躺在她们的大腿上午睡，此情此景，不复再。

我们去韩国出外景，申相玉总让我用他的老班底，是一群从《红色围巾》以来一直合作的人才，他们可以不休不眠地为我克服一切困难，

我从来没有见过那么勤劳的工作人员。

女演员我当监制的原则是不碰的，一碰麻烦诸多，但工作人员之间的情感一久了就产生，其中有一位负责服装的女子脸色晶莹，肤光如雪，清丽绝俗。

不过在工作期间搞男女关系，对我来说总有禁忌，我欣赏她的是韩国女人的坚强，爬上雪山时她为摄影组抬铁轨。韩国人习惯上不喝茶的，不知道那里找到铁观音，在休息时给我献上一杯。

一直保持笑容，我从来没有听过她诉苦。由摄影师那里听到她的身世，是个寡妇。先生最初当编剧，一直跟随申相玉，到后来申相玉让他当导演，第一部戏票房惨败，第二部也不卖钱，不能报答申相玉给他的恩惠，自杀了。

“他从来没有打过我。样子长得和你很像。”一次在杀青宴上她喝了几杯，躺在我怀中说。

“你还年轻，没有男朋友吗？”我以日语问她，她是东京艺术学院毕业的。

“我的爱，枯干了。”她没哭。

我不知道怎么安慰她，拍拍她的肩算数。

后来我们又合作了多部戏，当年的雪岳山还是穷乡僻壤，并非今天的滑雪度假胜地，我们的食物只限于金渍煮汤泡饭，已经很久没吃过新鲜蔬菜，这女人有天晚上出去，第二天拿出几条青瓜给我。

“偷来的，当水果吧。”她说完也没回头走开。

其他工作人员看到了都取笑她，我也避免令她尴尬，之后见

面谈的都是公事。

对数目字我的记忆力不好，但是现场中的一东一西我都能记得，有天拍到打伤男主角的戏，导演大喊：“血浆呢？血浆呢？”

大家找来找去找不到，我就记得是摆在河的对面树下，一下子跨水过河去拿，交到化妆师手里时，我才感到双脚已经麻痹了。

原来雪岳山溶冰后的水是零下几十度，见我的脚发僵，她赶快替我脱掉鞋子，除了袜，拼命用手去搓我的双脚。

“不这样做，会生冻疮的。”她说完拉开毛线衣，把我的脚放进她丰富的胸口，我心中一荡，禁不住往她羞涩的脸望去。

韩国女人性情的刚烈，到处可见。在寻常中常看到她们骂架，有些还互相揪发厮打。在韩江旁边的沙滩上，从前还设有很多很大的千秋，女人穿传统的大裙子在树上打，飞扬起来煞是好看，但愈打愈剧烈，飞高半天也不怕，是男人不敢做的事。

但从这个女人的眼神，我看到无限的温柔。

一切发乎情止乎礼，我们再也没有身体上的接触，虽然大家都暗恋对方，像一部婆婆妈妈的电影。

事经数年，一天，在香港的办公室中接到她的电话。

“还拍电影？”我问。

“不。我把储蓄用来开一家时装店，现在来香港办货，变成老板娘了。”

我们身份平等，再也不是上司下属。

对韩国女人的迷恋

亚洲的女人，各有不同的个性，不能一概而论。

其中我最迷恋的，是韩国女人。

第一，韩国女人是全亚洲中最美丽的。在街上走，一个小时之内会遇到三个漂亮的。台湾女人，三小时中遇到一个长得好看；但日本女人，三天看中一个，算你好彩。

虽然，大家都说当今韩国的都是人造美女，整容技术发达，个个都割过双眼皮，但是四十年前当全国还是处于穷困的年代，只有极少数人有钱到可以去日本动手术，但一般的女子，已很漂亮。

如果强辩说其他国家也有更多的美女，那么，不管整容手术多发达，也不能把整个身体的结构改造。一般的亚洲女子，和外国的一比，尤其是南美的，就显然地看出缺点。人家的是腰短腿长，亚洲的刚好相反，腰一长，屁股就有垂了下去的感觉；腿一短，穿起牛仔裤来更是不像样。韩国人具有林青霞和巩俐等的山东种，个子比较高大，她们的细腰腿长，绝对不是任何整容手术能够做手脚的。

第二，她们在个性上多数是开朗的，大情大性，爱得如火，恨得似仇，和日本女人的阴沉有强烈的对比。自古以来，女性的人口比率占全国的三分之二，也养成了懂得服侍男人的传统，更是社会经济的支柱，但她们绝不像香港女子那么处处抢男人的风头，一向是默默地耕耘。

强烈的个性令她们敢爱敢恨，时至今天，还可以在街头上看到两个女人相骂或打架。有时也见过她们被男人掴了一巴掌后不出声，好在现在已是女权复活，再也不见女性过分地被男人欺压。从前在大排档中，大学生的男人坐下来就吃东西喝酒，女同学抱他们的书本，站着没有得吃的现象，已不复在。

六七十年代中，香港台湾电影界到韩国去出外景的例子很多，从韩国演职员的口中，传出半夜三更被声音惊醒，发现女朋友正在替他们洗袜子的现象。这种情形没有发生在我身上，但梦中似乎有人在抚摸我的脸，醒来发现女友含情脉脉地望我，倒是亲身的经验。大概是我们不像韩国男人那么粗鲁，比较起来，有如我们听到苏州女子吴侬软语，感到特别柔顺之故吧。

与韩国女子做起爱来，也明显地和其他亚洲的不同，她们多数个性一般地强烈，也许是想为对方生出一个男孩的遗传基因作祟，她们狂放，简直非把男人最后一滴精子也挤出来不可，嘶声而出。一个不出奇，遇到的几位，都是这样。

也许你没有机会亲身接触到韩国女人，那也只有在银幕上分享一点她们的风情。

最具代表性的有三个：李英爱、全智贤和全度妍。

李英爱像她演的《大长今》的角色，坚强和好学，当今或者较难遇到，但在我一早去韩国旅行的当年，认识的女子都兼有好学的传统，她们认为能够有一门技巧才是美德，大多数会一点唱歌和舞蹈，插花、缝织等爱好也培养了出来，连最基本的送上一个烟灰碟的动作，也要用一张浸湿了的草纸铺在里面，不让烟与灰飞散。

但是李英爱那种过于贤淑的个性，也给男人一种冷冰冰、不容易亲近的感觉，如果娶这么一个女人做老婆，过于追求完美的态度，在日常的生活会是情趣少，较为枯燥的。

全智贤代表了现代的少女，不会服侍男人，她们拥有青春和美貌，爱情一旦冷淡，性生活已感到乏味时，就和亚洲的其他国家女人相同了。这一种女子缺乏传统的教养，步入中年之后，将会变成庸俗。

样子最像我从前的女友，是一位叫全度妍的演员，她一见时并不觉得美艳，但清纯可爱，愈看愈好看，用韩国人对她的批评最为适合：有气质，演技派，能迅速适合新的角色，像变色龙一样深入民心，有一双懂得阅读观众心理的慧眼，身上发出的香气，像菜花一样清淡。

全度妍这个名字不像是为了进演艺圈而改的，本名也是全度妍，一九七三年二月十一日出生，高一六五，四十五公斤体重，水瓶座，O型血液，有汉城大学艺术广播电影专业毕业的学历，爱音乐，弹得一手好钢琴，后来还到高丽大学研究院学乐理。

主演过《伤心街角恋人》《约定》《记忆中的风琴》《快乐到死》《求偶一支公》《无血无泪》《人鱼公主》等片子。《挑情宝鉴》改编于西片《危险的关系》，全度妍演的米雪·飞花的角色，端庄的淑女被多情郎玩弄，最后自尽。戏中和男主角裴勇俊有很大胆的性爱镜头，她演得自然，一点也不介意裸体。

在后来的《你是我的命运》一片，演患了艾滋病的妓女，从平凡容貌，愈看愈爱上她，等到一笑，更是进入了无数人的心坎。出众的演技，让她得到相等于金像奖的韩国影展最高荣誉。领奖时，她穿一件白色的晚礼服，胸口花，其他半透明，忽然裸出乳尖，大家都以为是走光，但我想她是故意的，在这人生最重要的一刻，给众人看到大家最想看的，又何妨？

韩国女人，就有这种气度，怎教人不迷恋呢？

女司机

当团友打球时，我乘出租车返回市区，的士大佬阴声阴气，原来是个男人头的女子司机。买完手信后乘车去吃饭，的士司机也是个女的。第三天，又碰上一名，年纪轻轻，还有三分姿色。

“北海道女人司机真多。”我打开话匣。

“唔，”对方回答，“好过待在家里。”

“要不要考牌？”

“一般的测验，并不严格。”她说。

“认路难吗？”

“札幌和其他日本都市比较，相对上是新建设。道路分东西南北大道，像个豆腐块，认起来没问题。”

“收入好吗？”

“我们是替大的士机构打工的，有没有客人不必去管，月薪还过得去，好过靠丈夫。一依靠男人，男人就作威作福。”她说，“我有个姐姐，一生从未做过事，只懂得嫁人，生儿育女，管家，和她一比，我幸福得多。”

“遇到客人叫你寻花问柳，怎么办？”

“我也像男人司机一样，把他们带到红灯区去，这种事没什么怕不怕丑的，反正到了卖春的店铺，也拿到回佣，增加点收入。”

“最困难的是什么？”

“遇到酒醉的人。”她说，“一上车就毛手毛脚，或者呼呼大睡，怎么叫都叫不醒。”

“用手推他们呀！”

“千万不可以那么做，推他们或扶他们的话，万一他们身上的财物不见了，就赖你。”她说，“只有一种办法对付：把他们送到警察局去。他们醒后生气我才不理，这种客人不会再遇到第二次的。我从来没有后悔过做的士司机，活到老做到老，做到公司强迫我退休。”

老板娘

我们常去的那家最地道的鱼生店“高桥”的老板死了，老板娘说不再做下去。

“待在家里也不是办法呀。”我说。

“一个女人，管不了那么大的店。”

“你有两个女儿帮手嘛。”我说。那两个长得也真漂亮，可见老板娘年轻时更是大美人。

“三个女人，行吗？”她犹豫。

“我们来店里，也从没看过你丈夫。”

“他总是躲起来，不和客人打交道。”

“不就是吗？”我说，“现在有他和没有他的分别也不大呀！”

“说得也是，女人不做事，就没生命力。”

“你大女儿好像和那位年轻师傅的感情不错呀！”我说。

“他们对婚姻都有点恐惧，说看到同学和朋友都闹离婚。”老板娘说。

我把大女儿叫来：“唔，你的父母结婚几十年，也不都是好好的！”

大女儿给我当头那么一喝，有点愕然，向母亲说：“妈妈，蔡先生为什么讲这种话？”

“傻丫头，”老板娘笑骂，“他是要你们早点成婚。”

红着脸，大女儿走开。

“你不做的话，我们下次来吃些什么？”我再劝她。

老板娘有点心动：“做下去的话，只能把店缩小，每晚收少些客人，才不会太辛苦。”

“缩小就缩小嘛。”我说。

“但是你们下次来，我招呼不了了。”

“不必为我们把店关起来。”我只有那么说。

“不过，你们来了七年，每年都带给我们不少生意，甚不好意思，谢谢、谢谢。”老板娘一直送到门口，我看见她眼边有点泪珠。

单身母亲旅行团

叶蕴仪是我发掘出来明星，十四岁那年主演了我监制的《孔雀王子》和《阿修罗》，光芒毕露，是位天生的好演员。

本来前途无量，但她决定放弃事业，嫁人去也。可惜，婚姻并不美满，替男家生了一对子女后离婚收场。

一般女人受不了打击，但叶蕴仪带着两个孩子坚强活下去。这期间我们没见面，只在报纸上看到消息。

叶蕴仪学习做篮艺和陶艺，并示范作品，教育下一代，也做过时装和公关等工作，经济独立。我对她又佩服又敬仰，一直想替她做点什么事。叮的一声，头上的灯亮了。不如乘现在暑假，组织一旅行团，让天下离了婚的女人集合在一块到北海道去走走。

孩子们在一望无际的原野中奔跑，到农场亲自饲牛、挤牛乳和做芝士。去美丽的小樽参观玻璃的制作、看朱古力厂吃甜点、到雪糕厂吃冰淇淋，还有很多节目我正在安排。

小孩玩乐，大人和叶蕴仪聊聊单身母亲的欢笑和眼泪。我没有这种经验，只有随团去讲几个儿童也能听的笑话，或教他们画画领带。

暑假的北海道，食宿不容易订到。终于决定在八月七日出发，距离现在还不到一个月，不够时间通知有兴趣参加的人，最为困扰。

但是要去的就去，不去再多的宣传也没用。我要是自己有小孩，一定给他们最好的，所以这次只有商务位，吃住一流。孩子父亲，为了赎罪，也应付钱。

一向认为经验过，才会随遇而安。

助手徐燕华自小娇生惯养，总是鲍鱼鱼翅。长大后，一碟普通的春卷也吃得津津有味。她的父母，并没有宠坏过她。

当然，单身父亲也欢迎。大家在旅馆浸完温泉，吃过大餐之后互谈心事，也可凑合另一段缘分，也说不定。

大头妈妈

阿寒湖的这家酒店，尽量讨好客人，招呼无微不至，晚上还摆了两个免费的饭团让人当消夜，半夜起身写稿，视为恩物。

晚宴食物应有尽有，单单螃蟹就有刺身、白灼、炸烤等等，大师傅把蟹脚的壳拆开一半，用刀切出细纹，浸在冰水之中，使它开花，是很高的技巧，一般的大厨师做不到，本来应该吃饱，奈何忙着聊天，才吃饭团。

对着稿纸，想起在晚餐出现的女将，所谓“女将”是旅馆的灵魂，兼质量管理，大小事，一切包办。

这个女将长得还有三分姿色，一身名贵和服，那条腰带已值日元百万以上，但大家注意的是她的发式：梳成足足有一个足球般大。众人都说是假发，不然每天不知要花多少工夫在头上，叫她为“大头妈妈”。

“辛苦你了。”见她忙得团团乱转，我说。

“唉，”她叹了一口气，“谁教我嫁给这旅馆的老板呢？当它是一份职业了，这是我们日本人一贯的办事精神，要做就做好它。”

“一个女人负责这么大的一家旅馆，真是了不起。”我赞许。

她说："但是问题出在我应该站在哪一边？要客人满意，就得多花本钱，每天和我老公吵个不停，矛盾得很。"

"对客人细心，已经足够。"我说。

她那个大头，摇了又摇："有时，也得随机应变。"

团友们觉得那双筷子很好用，夹食物不溜，重量恰好，手感极佳，问我是什么筷子？我一看，是樱花木制的，很名贵。

大头妈妈即刻向众人宣布："筷子用完请拿回家。"

团友大喜。"又要和老公吵了。"大头妈妈笑着说。

名取裕子

名取裕子主演过《序之舞》中的女画家，《吉原英上》的艺伎，为日本首席女演员之一。

很多年前，她参加新加坡亚洲影展，顺道来此，对香港印象极佳，尤其是食物。

我们看她吃东西，每一道菜都扫得干干净净，把自己那份分了给她，说也奇怪，又吃光了。最后来个荷叶饭，每个人都献上，她吃了六包，将剩下的四个打包拿回酒店，说是等明天当早餐，但翌日听她的经理人说，名取半夜三更由床跳起，把那四个荷叶饭吞了，才睡得安稳。和名取吃饭是一大喜事，我们再不叫她名字，称她“大胃”。名取也常自嘲地：“蔡先生对我的外表一点兴趣也没有，他只喜欢我的内脏。”

这次她来拍我们的《阿修罗》，只是象征性地收了一点片酬。她说她实在太爱香港的中国料理。在记者招待会上，大家最想问的是：“你对拍床上戏有什么感想？”名取也大方地回答：“所有日本的第一流女演员都脱衣服。”“但是香港女演员就不那么想。”记者说。“或者我们的看法不同。”名取说，“在日本，裸体不裸体不是问题。演技好坏才是关键，观众不会因一个女演员脱了衣服，就认为她只能演黄色片的。”

一条沙由里

昨天，有个日本女人来找我，是友人介绍的，她说她名叫一条沙由里。

一条沙由里是日本著名的脱衣舞娘，我也看过照片，样子不像她，她解释说："我是二代目。"

二代目是第二的意思，原来日本的演艺界有袭名的传统，如歌舞伎的名演员，名字都是一代代相传，像梅兰芳死后有第二个梅兰芳等，但就是想不到脱衣舞娘也能袭名。

第二代的一条沙由里来港的目的并非购物，她是专程来看香港片的。她不喜欢成龙和周润发，最爱狄龙，在嘉禾的发行部看到一张《又是冤家》的海报，有个狄龙头，高兴若狂，打躬作揖地哀求送她一张。

和沙由里谈天，知道她是日本大学艺术学部的毕业生，文章写得很好，报上有她的专栏，她对日本传统舞蹈也很有研究，但就是爱跳脱衣舞，认为是种艺术。

有没有被警察抓过？我问她。

她点点头："那是我们在舞台表演人兽游戏的时候，大队人马冲了进来。送上警局，我还以为是被控猥亵罪，但说也奇怪，原来是预防虐畜学会告我们，说我们叫狗做它们不愿意的事。"

一条来信

快递公司送到一封文件，打开一看，原来是一条小百合由日本寄来的。这位艳星是日本大学艺术部的毕业生，曾著有多本写性的畅销书。很好学，她寄来的信，内容相同，但一封日文，一封中文，很显然地在中文上下过苦功：

……我想告诉您我的近况，我仍然要在各地奔跑表演，半年以上都不在大阪，我结了婚，我的朋友说我是一个“不回家的妻子”。

我住在朝潮桥，除了有些波子机铺之外，这儿仍像古时代的市镇，是个十分贫穷的地方。

但现在的物价很便宜。例如，因买一盒五十円的鸡蛋，一个钟头前就有阿婆、阿伯排队了。所以我都几喜欢住在这儿，因为大家都几平易近人，都几安静。

由东京搬来大阪之后，发现吃广东菜的机会多了。附近有福临门，但是福临门很贵（比香港的还贵），只会在有钱时才去。

我在神户有些朋友，而且南京街的广东菜不太昂贵，离我家近，常去。据我所知，神户的唐人街比横滨的好味。

有时，听到酒楼厨房的厨师说广东话，感到好怀念香港。有些酒楼熟络之后，他们会煮些特别的招牌菜给我吃。

现在，我在南京街的杂货店，买些香菜、通菜，还有些调味料回家，然后好高兴地烧点“我的风味的广东菜”。

我仍然时常看香港电影，因为工作一直很忙，所以连录像机和影带都带着上班，一齐看。唔知点解，我什么香港戏都看。

认识您之后，我去找您监制的《不夜天》《原振侠和韦斯利》，在戏中我喜欢了钱小豪，觉得他很性感，我可能有些不正常。

如果我继续写下去，您一定感到我好烦。祝好，一条小百合上。

OL

在街上溜达，遇一日本女子，曾经在香港认识，记得她叫昌子。

“去我工作的酒吧坐坐。”她邀请。

“你不是当秘书的吗？”我问。

她叹了一口气：“等会儿慢慢聊。”

酒吧开在一座商业大厦的八楼，不是随便能走得进去，只做熟客生意。

“我宁愿在这种地方做，免得遇到亲戚和朋友。”昌子说。

“你还没告诉我为什么转行？”我问。

昌子说：“我没转行，还在大公司打工。”

“那么来这里干什么？”

“兼职罢了。”昌子说，“公司那份工，一个月只能赚十六万日元。”

“有近两万港币了。”我说。

“你知道我的房租去了多少？已要五万，电费、水费、煤气费、倒垃圾费加起来，已经十万，交通呢？吃呢？”她不停地叹气。

“说到吃，你每天吃些什么？”这倒是我很想知道的事。

"吃白饭和喝水。"她说，"要买东西，只能在一百日元商店购买。"

我看到她手中有个电话，翘起一边眉。

"哦，"昌子说，"没手提电话已经不能过现代人的生活，不过每次打，都会看秒表，不能打太久。"

"去找一份薪水更好的工作！"我说。

"见工要花电车钱呀。"她说，"最后只有来酒吧做兼职，补贴补贴。这里每一个小时有二千五百日元进账。一个礼拜做两天，每天三小时，不然连睡觉的时间也没有。从前，我们当秘书的多钱，叫OL，Office Lady，听起来不错，现在给人叫OL，是一种羞耻。"香港人学用OL这个字眼，当成流行，是时候改了。

我问昌子："男朋友呢？"

"有一个。"她说。

"叫他请吃饭呀。"

"他也是在大机构打工的，薪水比我多，但是要花钱在应酬同事，一个礼拜到酒吧去喝一两次，钱已花光。"昌子说。

"那么你们不出去拍拖的吗？"

"多数是去他家里，或者来我家，看看电视，看完做那一会儿事，闷到极点。"昌子说，"有时他亲戚到他家住，或者是我有同学来寄宿一阵子，就连做也没得做了。"

"去爱情酒店呀！"我说。

"那么贵，怎付得起房租？"

"租房不是男人付钱的吗？"我问。

"像是不成文的传统，都是我们女人给的。"昌子很无奈，"上次的男朋友离开我之后，找了两年，才找到现在这一个。那两年之间，我上面和下面都吃不饱。"

“可以做酒吧客人的情人呀！”我建议。

“不，不，不。”昌子大叫，“这种事千万不能做，一开头，觉得钱赚得容易，以后就一直以这一行维生了。我左左右右的同事，不知道有多少人去赚这种钱，我自己做不下手。其实，在这里兼职的，都是非常保守的女子。来，我介绍几个给你：这是沙雅，这是明子，这是久美子。”

一个个少女围着我坐，今晚生意真差，酒吧一个客人都没有。

“你们都是OL？”我问。

有的点头，有的说是卖化妆品……

“你们最大的愿望是什么？”我问。

“吃一顿韩国烤肉！”她们同声叫道，“好久没吃肉了，能吃得到，什么都做。”

我笑出来：“好，请你们一齐去吃。”

大家大乐，我也大乐。

平辈

日本的一间大出版社与我商谈出我的散文集。之前的两本食评卖得不错，或有生意眼。

找什么人翻译呢？我相信自己能胜任，但是毕竟没有本国文字流畅，加上我的时间的确不够用，还是由别人去做。

经过再三的考虑和仔细挑选，最后决定请一条小百合担任翻译。

哎，她是一个脱衣舞娘呀！中国人和日本人都有这种反应。

我才不管。

小百合不是她的本名，原来叫荻尾菜穗美。日本演艺界有一个传统，是把尖端人物的名字一代代传下去，红极一时的一条小百合觉得荻尾是可以承继她的衣钵，才把名字传给她。如果荻尾没有找到一个和她一样有水平的脱衣舞娘，这个名字，便从此消失。

小百合在我就读过的日本大学艺术学院毕业，是我的后辈。大学中前辈照顾后辈，也是个传统。当她第一次来找我的时候，用生硬的粤语和我对谈，手上再拿着一叠厚纸，在单字拼音上作了无数的记录，我已经觉得这个后辈并不简单。

后来她再送我数本她的著作，其中有自传式的，讲述为什么喜欢上脱衣这门舞艺。从追求和学习到演出，过程艰苦、一丝不苟，拼了老命，才得到前代一条小百合的认可袭名，对她更加佩服。

荻尾对中文的研究愈来愈深，后来干脆脱离舞台表演，拿了一点储蓄，香港太贵住不下，搬到广州学中文。成绩有目共睹，她已能在报刊上写专栏，结集成书，叫《情色自白》，可读性极高。

变成另一国文字，能由作者翻译作者，层次较高。我写专栏，她写专栏，我已不是前辈，她也不是后辈，我们是平辈。

出 品 人：许　永
出版统筹：海　云
责任编辑：钱飞遥
封面设计：刘晓昕
印制总监：蒋　波
发行总监：田峰峥

发　　行：北京创美汇品图书有限公司
发行热线：010-59799930
投稿信箱：cmsdbj@163.com

创美工厂
官方微博

创美工厂
微信公众号

小美读书会
微信公众号

小美读书会
读者群